미영이

파란시선 0019 미영이

1판 1쇄 펴낸날 2018년 3월 26일
1판 2쇄 펴낸날 2018년 12월 10일
지은이 최원
디자인 최선영
인쇄인 (주)두경 정지오
펴낸이 채상우
펴낸곳 (주)함께하는출판그룹파란
등록번호 제2015-000068호
등록일자 2015년 9월 15일
주소 (10387) 경기도 고양시 일산서구 중앙로 1455 대우시티프라자 B1 202호
전화 031-919-4288
팩스 031-919-4287
모바일팩스 0504-441-3439
이메일 bookparan2015@hanmail.net

ⓒ최원, 2018, printed in Seoul, Korea

ISBN 979-11-87756-16-3 04810
       979-11-956331-0-4 04810 (세트)

값 10,000원

미영이

최원 시집

처음부터 악했던 것은 아니다
처음부터 사랑하지 않았듯이

피는 것이 꽃이어서
지는 것도 꽃이었다

차례

시인의 말

제2부

제3부

제4부

해설

제1부

잿빛 왕

화장실에 따라 들어온 고양이가
천정 보고 한 번
벽을 보고 한 번 문밖을 보고 한 번
입을 열어 야옹

나를 따라 들어와
나를 보지 않고 내뱉는 그것은
독백인가 방백인가
변기에 앉아 있는 나는 불온한 관객인가
다리를 오므리고 부끄러워해야 하는가

그리하여 묻습니다
신이시여
준비되셨나요

나의 복종은 혀처럼 부드러워졌고
믿음은 단단해졌으니

나의 절대자이시여
허락하시어

숭고한 계시의 항문을 빨고 핥고
쑤셔 넣을 수 있도록

구름다리 건너듯
구원과 시대의 불운한 외출을
마무리 지을 수 있도록

미로의 입구로 되돌아오는 자들을
입 다문 자의 눅눅한 거리를
꿈을 두려워하던 여자의 입술을
여자가 잉태한 아이를
아이를 감싼 붉은 구름을
시선의 혀로 얼굴을 더듬으며
맛보던 여자의 감정을
그녀의 머리를 묶어 주던
모든 흑백의 꿈을

밤새 눈이 세상의 소란을 깔고 앉았던
그날 오후
눈 녹는 길을

나는 늙은 변검술사처럼
소매를 펄럭거리며 걷습니다
거리의 유행가는 전부 슬프고
빌딩의 모퉁이에 휘몰아치던
바람은 항간의 낭설

어두운 낮 변두리 술집에서
나는 여인의 언뜻 보이던 발목을 떠올리며
붉게 버무려진 가오리무침 한 점을
오래도록 씹었습니다
이렇게 될 것이었기 때문에 이렇게 된 것이다
생각하는 어두운 낮
누구에게도 발설하지 않은
붉고 가느다란 이야기입니다

가수가 자신의 노래를 따라 부릅니다
붉은 스웨터의 실을 풀어 늘어뜨리면서
오래 웅크리고 있어서
펴지지 않는 우산 같은 이야기를

해는 졌고 달은 뜨지 않았습니다
새가 화들짝 날아오르거나
모르는 자의 집에 불이 켜질 것입니다
방향을 틀어 바람이 불기 시작할 것입니다
이런 일은 흔해서 휘파람이라도 불어야 할지
그것은 바람의 신음
문틈을 옷깃을 파고드는 존재
영혼이 녹슨 자들을 위한 노래

나는 젖은 공간입니다
금석문을 해석하듯
잠깐의 시간에 대하여

어느 날 강둑으로 건져 올려진
물에 빠져 죽은 늙은 여자에 대하여
암각화의 이끼처럼 푸르르 기어 나오던
그녀의 눈썹 문신에 대하여
죽은 몸에서 유일하게 살아 움직이던
그 여자의 청동기를
질량도 부피도 없는

잠시의 역사를

빛이 있습니다
태양이 기울고 시간이 정지하면
누구나 하나씩 선명한 그림자를 갖게 됩니다
정면을 똑바로 보고
나는 지금 어둠 속에 박혀 있습니다

모란

암술
수술
줄기
가시
푸른 잎
붉은 꽃

뚝뚝
떨어지는
핏방울

머리
꼬리
그을린 살점
늘어진 혀
허공을 긁던 발톱
누렇게 드러낸
송곳니

개가

매대 위에
쌓여 있다

불가능한 색

1

분노의 꽃
해묵은 줄기의 잎자루 곁에서 꽃봉오리가 솟아났다
서서히 달궈지는 쇠뭉치처럼 여름의 꽃이 피었다
무화과는 제 목을 내어 줄 때
백색의 피를 흘린다

2

하늘이 가려지고 세상은 조금 더 어두워졌다
그것을 물의 장막이라고 하자 저 장막을 통과하는 자
젖을 것이다 흘러내릴 것이다
끝내 지워지지 않는 것 또한 있을 것이다

3

구름 아래에서 소금 결정이 힘겹게 몸을 부풀리고 있다
살모사가 허물을 벗고 있다
짐승들은 교미 중이다 물방울이 툭툭 떨어지는 동굴 안

에서 흙탕물의 들판에서
  아버지의 수염처럼 저녁이 번식되고 있다
  빛의 투명한 허물을 벗고 어둠이 자란다
  우리는 우기의 짐승처럼 눅진했고 고요했다

  4

  계란을 삶는다 물이 끓는다
  끓는 물속에서 계란이 요동치고 있다 마지막 숨을 몰
아쉬는 전사처럼 내핵과 외핵이 분리되고 있다 굳어지고
있다 불이 물을 끓이고 물이 계란을 익히는 냄비의 안쪽
  솟아났다 터지기를 반복하는 기포
  한없다 끝없다 없는 것이 많은 곳에 내가 서 있다
  형질이 변경되고 있다

불경한 색

  늦은 밤까지 잠들지 못하는 것도 재워 줄 애인이 없는 것도 할 수 없다 새벽에 쪽잠 자고 출근하는 아침마다 낮잠 버릇을 후회하지만 오후 세 시면 다시 졸음에 빠져들면서 할 수 없는 것은 할 수 없는 거다 다독이는데 마음 따뜻할 것 같은 사람이 유 캔 두 잇! 위 캔 두 댓! 제목의 책을 서점마다 쌓아 두지만 아닌 거는 아닌 거라서 혹시 나만 그런 건지 지나가는 사람들을 유심하게 바라보는데 흑인이 백인을 증오하고 백인이 흑인을 살해하고 사막 신(神)의 사제들은 전쟁을 독려하고 여섯 살 아이는 총소리에 엎드리고 한쪽에선 화산이 섬이 되고 한쪽에선 모래로 섬을 짓고 아이돌 연예인은 나이 들며 못생겨지고 잊었던 애인은 비가 와서 생각나고 칠푼의 지도자는 닭똥 같은 결단을 싸지르고 판단 없는 노인들은 습관처럼 투표하고 있는 놈은 더 생기고 없는 놈은 계속 없어서 이것은 길들여진 암소에 쟁기를 달아 밭을 가는 것이 아니다 할 수 없는 일은 할 수 없는 거다 다만 잠이 오지 않는 나는 정신이 자꾸 맑아오므로 다시금 생각하길 나만 그런 게 아닌가 만만한 친구가 옆에 있으면 멱살을 감아쥐고 묻고 싶은데 그놈은 마누라 품에 안겨 자고 있을 테지 전화 걸어 찬물을 끼얹을까 나는 머리카락 감싸 쥐고 들었다 놨다 침

상에 자빠져서 할 수 없는 일을 줄줄이 풀어 놓고 보는 것
이 내가 할 수 있는 일이라서 투덜투덜 어둠은 밤의 늦골
너머로 걸어가고

유물론자들

한 장 한 장
커다란 새의 날갯짓처럼
옷가지를 벗어던지는 댄서를 바라보며
시름을 놓고 서 있는

쿵쾅거리는 밤의 무도장에서
아버지를 만났네
우리의 눈은 급격히 충혈되었지
아버지는 아버지의 역사를
나는 나의 사관을 서랍에 넣어 두고
좋은 옷으로 갈아입고

순전히 우연이었네 우리가 그렇게 만난 건
누구나 소중한 무엇이 있으므로
우리는 함께 늙어 가고 있었으므로
빙글빙글 돌며 때리는 붉고 푸른
조명 빛의 따귀를 흠뻑 맞으며

남녀 한데 모여 흥겨운 공간 드문 세상
저기요! 하고 부르면 여기를 바라봐 주는

함의적 장소에 함께 있었네

최신 곡과 고전 명곡 배합처럼
우리에게 경계는 없었네
나는 당신의 뒤꿈치를
당신은 나의 앞꿈치를 밟았지만
싸움은 아니네 장소가 그러하니
웃고 마시고 두꺼운 지갑
엉덩이에 찔러 넣고
춤추며 뽐내다가

건지셨네 오늘도 아버지는
힘차게 꼬리치는 하얀 숭어
그 쫄깃한 육질의 횟집으로 달려가네

유물론자들

　열려라 참깨 주문을 외워도 열리지 않는 문 앞에서 이젠 통하지 않는 수법이라고 요즘 세상을 요즘 애들을 어떻게 알면 그러시나 견마지로 충심으로 아뢰오니 결국은 우리는 쌍수쌍족 이목구비 여섯 기운이 배꼽 한 뼘 아래로 모이는 형상이라 엉덩이를 움켜쥐고 꽉 다문 입술에 입술을 비비며 몸도 마음도 열려라 함께 앙다문 입술 안쪽을 꽉 깨문 이빨의 종교는 너의 신앙이 아니다 희고 단단한 결기의 행렬은 내부가 썩어 있는 일방의 미신이다 너에게서 가장 먼저 이탈될 후회의 파편이다 열려라 문이여 턱뼈의 굳건한 의지는 육식의 증거요 손바닥 굳은살은 농경의 결과요 푹신한 엉덩이는 다산의 상징이니 분홍분홍 반가움의 손길로 그대 나를 맞으면 겨울의 갈증과 쏟아지는 별빛과 아라비아 사막의 밤을 등지고 융단처럼 내 몸 펼쳐 그대 맨살의 면적을 감싸 안으리
　하며,
　보매 심히 좋았더라 하시더이다

걸 리버 유랑기

　리버는 아름다운 소녀 세상의 오빠들이 좋아하지 아랫
집 윗집 온 세상 남자들은 목이 돌아가도록 리버를 바라
보네 예쁜 얼굴로 살아가기도 힘들다, 이미 나는 사랑을
알았는데, 아빠만 나를 싫어해 욕하고, 리버는 오늘도 집
을 나선다

　어둡고 테이블이 좁은 술집에 앉아서 리버는 보드카를
마셔요 세상의 술잔은 항상 리버에게 손짓하며 말하지 눈
감아 네가 잠들면 왕자님이 널 안고 꿈의 궁전으로 데려갈
거야 달콤한 잠의 홑이불 속에서 흘러내리는 귀밑머리, 귀
밑머리를 쓸어 올리는 리버의 잠버릇은 손거울처럼 둥글
고 꽃봉오리가 그려진 손톱, 덩굴장미 수두룩 피어 있는
봄날 고양이가 울어 대는 이 밤이 녹아 버리기 전에 리버
를 감싸 안고 침실로 가는 왕자님 같은 오빠들의 서투른
표정은 흐리고 일그러지고 계속 바뀌고 굿 드림 리버 머
리를 쓰다듬는 왕자님의 잠 속에서

　눈뜨면 낯선 곳 리버의 아침은 늘 바위틈에서 맴도는 거
품 같아 그러나 조금씩 나아가고 있지 아래로 흐르며 섞이
고 흐려지고 떠밀리고 색깔이 짙어질수록 리버를 향해 뻗
어 있던 손짓들 줄어드네 뜸해지네 사라지네 물결 주름과
늘어진 젖가슴 풍성했던 음모가 쓸쓸해지고, 리버는 헐벗

은 하류의 물줄기 노을의 바다 입구에서 리버는 순응 그
리고 점점 어두워지는 바다 앞에서 리버를 툭 건드린 것
　몰려오는 것
　밀려오는 것
　미끈거리는 것
　길쭉한 것
　끈적거리는 것
　피할 수 없는 것
　힘차게 꼬리를 휘저으며 리버를 관통하는
　거대한 기억의 물고기 떼가 리버의 온몸을 관통하네 저
녁 햇살을 반사하는 비늘의 미끄러움으로 뒤로 뒤로 자꾸
만 밀려 올라가네
　뒤는
　무엇인가
　소리인가
　색깔인가
　뒤는 시간인가 공간인가 점점 깊어지고 무거워지고 휩
쓸려 내려가며 리버는 생각하네 뒤는 무엇인가 아무리 몸
부림쳐도 돌아볼 수 없는 몸 바다의 거대한 푸른 힘에 휩
쓸려 섞이며 힘겹게 부풀어 오르는 거품처럼 터지는 한 방

올 리버는 자꾸 아름다워지는 소녀

잭과 콩나물

잭의 엄마가 던져 버린 콩은
어둠 속에서 싹을 틔우고 하늘까지 자랐는데
곁가지와 잎사귀가 돋아나지 않았다면
그냥 콩나물, 비벼 먹거나 무쳐 먹거나
뚜껑을 닫고 삶아야 비린내가 나지 않는
엄마들의 간편 국거리

그대를 소중하게 지켜 줬던 그날 밤
손만 잡고 뜬눈으로 지새워서
그대의 애인이 아니고 정겹고 친절하고
화낼 줄도 모르는 나는 그냥 사람

그렇게 사랑하여 여전히 나는
혼자가 되었네 친구는 많고 우정은 영원해서
홀로 귀가하던 쓸쓸한 저녁마다
콩나무를 타고 하늘로 올라간 어린 잭은
금화를 훔쳐 와 부자가 되었네

훔치는 자에게는 탕진의 이력이
쓸쓸한 자에게는 빈곤의 핏줄이

휘어진 척추처럼 골똘한 것이어서
행복하게 산다네 엄마와 둘이서
한평생 콩을 팔던 노파는 도끼질을 모르고
한 그릇 이천 원 두 그릇 삼천 원
빈자들의 셈법이란 방탕한 것이므로

이것은 내가 심은 콩나무가 아니다
중얼중얼 외우며 콩나무 쿵쿵 도끼질하는 잭의 하늘 위
죽은 줄 알았던 거인들이 되살아나고
늙은 어미가 늙어 가는 아들의 이마를 쓰다듬듯이
세상의 구석에 콩나물 대가리 같은
어둠이 고개 들어 길게만 자라는 것이다

망해가사

유리창에 달라붙고자 했으나 오그라든 발가락을 펴지 못해 낙상한 것을 '동절기 파리'라고 한다

추락한 동절기 파리를 지켜본 제1자는 시기를 잘못 만난 똥파리라고 주장한다

그 말을 들은 제2자는 반질반질 닦인 유리의 표면이 지나치게 엄격하였기 때문이라고 반박한다

그 옆에 제3자는 부모가 적절치 못한 시기에 교미한 탓이므로 파리의 잘못은 없다고 역설한다

그 옆의 옆에 제4자는 시대를 불구하고 모든 발가락이 오그라드는 건 아니라고 제기한다

그 옆의 옆의 옆에 제5자는 생사 길은 예 있으매 머뭇거리지 말고 어느 추운 겨울에 떨어진 똥파리는 자고로 밟아서 비벼야 제맛이라며 입맛 다신다

제5자 옆에 명자는 '똥파리들, 똥파리의 새끼들 꾸부정하게 숙이고 다니는 거리의 잡것들'이라며 주먹으로 본인의 머리를 여러 차례 때린다

침묵이 흐른 뒤 비가 오나 눈이 오나 바람이 부나 잃어버린 삼십 년 세월이면 나쁘다 하겠는가 거기에 십 수년

세월을 더하니 새로 만나는 사람의 절반 가량 고개를 숙이고 두 손으로 악수를 받으니 민망하기가 아니함만 못하다는 말에 전부 고개를 끄덕이며 동의했다

경험적 순이

갑자기 고장 난 고물차를 버리고 가야 할지 끌고라도 가
야 할지 어떻게든 해야 하는데 약속 시간은 다가오고 아
는 누나 순이는 허리까지 기른 머리카락을 풀어헤쳐 흔들
던 멀리 살던 누나

누나는 허리가 길고 누나는 얼굴이 곱다 알던 누나는 대
체로 그러하다 날은 덥고 그러했다 내가 알던 모든 순이들
은 집이 멀고 자꾸 아프고 엄마랑 친하고 언니랑 싸우고
는 내게 전화해서 어디니 바쁘니 잘 지내니 내가 사는 곳
은 여전히 모르는 채로

정오에 만나서 두 끼나 먹었는데 해가 지자 집에 간다
고 순이는 발을 동동 구른다 그러면 언니는? 싸운 언니는
어쩌려고? 박차고 나왔으면 하룻밤은 버텨야지 이건 도리
가 아니지 말리다가 내 혀도 말리고 순이야 내가 차를 어
디에 놓고 왔니 어차피 갈 거라면 타고 가야 해 끌고라도
가야 하는데 순이는 자꾸 집에 간다고 엄마가 걱정할까 봐
엄마랑 친한 순이가 말하는 엄마가 그 엄마가 맞는지 언
니가 그 언니가 맞는지 두 끼를 먹는 동안 엄마 얘기 언니
얘기 빈 술병은 늘어 가는데 순이는 얼굴만 빨개지고 나
만 취하는 것 같고 차를 어디에 놓고 왔는지 고장 난 차를

그 빌어먹을 고물 차를

벌과 罪

만개한 꽃에 앉아서
꿀과 꽃가루를 모은 벌은
서서히 꽃의 강역에서 벗어난다

여섯 개의 다리를 공손히 모으고
뒤로 물러나는 것은

내 침으로 찌른다는 것
당신에게 무례하다는 것

독방에 들어가 나는 날개를 접고
당신의 향기를 씻는다

침 끝이 무뎌지고 있다

많은 꽃이 겹잎을 내미는 들판에서
내 눈은 갈라지고 모든 죄는 달콤하다

당신이 나를 허용한 후에
자백한 포로처럼 꽃잎은 시든다

제2부

인간 생존 환경 캠페인

당신이 무심코 버린 쓰레기가
한 청소 용역 가족의 생활이 됩니다

완벽 구성 풍경화

가슴이 드러나면 그치는 싸움이 있다 셔츠가 찢어지거나 머리카락이 산산이 흩어졌을 때 어떤 분노는 누그러진다 누구나 응어리 하나쯤 불발탄처럼 박힌 채로 살고 있으니까

길바닥에 쓰러진 여자의 유방이 물컹 삐져나왔다 팽팽하게 당겨진 브래지어 끈이 툭 끊어졌을 때 오래 숨겨 온 신앙처럼 드러난 그것은 아이도 키우고 뭇 사내의 욕정도 키우는 것인데 땅바닥에 닿을락 말락 늘어져 흔들리고 있다

이웃의 우는 아이에게 젖을 물리듯이 사내는 온정으로 나누는 것이 아니었으므로 여자에게 탁 침을 뱉고 사라지는 한 무리의 사람들 고행 끝의 일갈인 듯 얼굴에 달라붙어 서서히 식어 가고 있다 뒤도 돌아보지 않는 사람과 멀어지는 뒷모습을 쳐다보지 않는 사람 사이에는 일종의 계약이 성립된 셈인데 다시는 마주 볼 일 없어야 한다고 하나씩 주고받았으므로 악수 없는 거래는 일방통행 길처럼 단호하다

매무새를 추스르고 여자가 떠나면 비로소 누런 이빨의
표정을 짓던 행인은 다시 행인으로 돌아간다 하던 말을
잊기도 하고 없던 말이 많아지기도 하는데 제 갈 길을 간
다는 공통점이 있다 모두 떠나고 비워진 길가 출마자들의
플래카드가 전봇대와 가로수에 매달려 팔랑팔랑 웃고 있
다 완벽한 구도다

국가네 공갈빵

그 배고프고 가난하던 시절 아버지는 국 씨 아저씨와 막걸리를 마시는 날이면 공갈빵 한 봉지를 들고 오셨다 국 씨 아저씨는 동네에서 공갈빵을 가장 맛있게 굽는 사람이었다 아버지는 공갈빵 가게 앞을 지날 때마다 국가야 네 딸 어딨니? 묻고는, 국 씨 옆에서 갓 구운 공갈빵을 뜯어 먹고 있는 딸에게 눈깔사탕을 조공하듯 건넸다 아버지랑 국 씨는 제법 친해서 나와 딸이 다 자라면 혼인시키기로 약조했다 어린 나는 그 계집애는 멍청해서 싫어요 외치고 집으로 달려왔다 그날 저녁 막걸리 냄새를 풍기며 돌아온 아버지는 국 씨에게서 얻어 온 고무신으로 나를 때리고 밟기를 여러 번 했다 찢어지고 깨지고 멍든 채 울고 있는 나에게 아버지는 공갈빵을 먹였다 모가지를 움켜잡고 입안으로 쑤셔 넣었다 핏물 젖은 공갈빵은 비리고 질겨 아무리 오래 씹어도 넘어가지 않았다 얼마 후 아버지는 술에 취해 급사했는데 남겨진 가족들은 영정 앞에 엎드려 가슴을 치고 통곡하며 슬퍼했을 거라는 편견은 버려! 태울 것 태우고 버릴 것 버리고 마을을 떠났지만 지구는 둥글고 인연은 질겨서 고향에 찾아갈 일은 많지 이제 그곳에는 늙은 계집애가 공갈빵을 굽고 있다 나도 계집애도 희끗희끗하니 중년을 넘어섰고 혼자 살고 있다 국 씨가 죽고, 생전 친했던 사람은 죽는 방법도 닮는다네, 계집애가 물려받은 것인데 이제 공갈빵은 그 배고프던 시절의 사람들이 추억으로만 먹는 음식이 되었고 공갈빵 가게는 시커멓게 타 버리고 재만 남게 될 것이라는 것이 민중의 판단이다

응가응보 가족회의

    설날 오후 가족들이 옹기종기 모여 앉아 텔레비전을 보고 있었다 한쪽에 누워 있던 늙은 어미가 물었다 그 나이가 되도록 결혼도 못 하고 자꾸 나이만 먹어서 도대체 어떻게 살아가려는 것이냐 나는 대답했다 사실 진지하게 생각하는 사람이 있기는 해요 일순간 식구들은 눈을 크게 뜨고 나에게 주목했다 결혼한 조카는 재빨리 텔레비전 볼륨을 줄였다 나는 말했다 그 사람이 어릴 적에 부모님 비명횡사하시고 남동생은 마약을 좀 하고 여동생은 사기를 좀 치고 다니기는 하지만…… 어쩌자고 그런 집안사람을 혀를 차며 고개를 설레설레 흔드는 집안의 어른들 나는 대답했다 어릴 적에 소녀 가장이 돼서 불쌍하기도 하고 진실한 사람 다들 좋아하시니까 침묵이 흘렀고 조카는 텔레비전 볼륨을 높였다

네버 엔딩 스토리

1

몇 살이에요? 우리가 오빠네. 그냥 편하게 오빠라고 해. 말 놔도 되지. 나 불 있어. 그거 너무 순해서 싫더라. 너희들 솔까말 믿지? 그럴 줄 알았어. 이거 한 대 피워 볼래? 나는 친구랑 같이 살아. 여기 근처. 이 동네는 너무 사람이 많아. 지저분하고, 더럽고 늙은 새끼들 열라 많아. 이사를 하든가 해야지, 너는 어디 살아? 너희 동네 살기 좋니, 아, 이 나라에 살기 좋은 곳이 어딨겠어, 내일? 왜? 내일? 몰라. 그런 게 어딨어, 술이나 마셔.

2

소주 먹어 그냥 소주, 맥주는 배만 불러. 여기요 소주 주세요, 두 병요. 그냥 궁금해서 그러는데, 너희들 솔직히, 솔직히 집 나왔지? 고딩이 염색해도 되니? 학교에서 지랄 안 해? 요즘도 때리는 선생이 있어? 씨발. 우리 때는 개 잡 듯이 잡았지, 개 잡는 거 봤어? 뒷산이나 계곡 같은 곳에 끌고 가. 목줄을 나뭇가지에 걸어서 잡아당겨. 앞발이 들 리고 뒷발이 들려. 허우적허우적 개 잡을 때 중요한 게 뭔지 알아? 각목으로 대가리를 존나 갈겨 눈깔 튀어나오고 피 질질 흘리다가 죽거든. 달달 떨다가 멈추면 죽은 거야. 죽는 게 뭔지 알아? 선생한테 맞고 또 선배한테 맞고 물파스 바르고. 그 새끼들 보기만 해도 벌벌 떨었는데. 죽어 가던 개처럼. 개는 죽으면서 떨고 우리는 죽을까 봐 떠는 거지. 씨발. 도망? 글쎄, 세상에는 생각처럼 안 되는 게 너무 많지. 넌 지금 이게 도망친 거라고 생각해?

3

내일 뭐하냐고 물었지? 친구랑 애기했는데 내일 바다 갈 거야, 같이 가자 동해나 서해나 아무 데라도 상관없어. 그런데 너무 취했다. 술 깨러 가자, 밖은 너무 추워. 오빠가 딱 하나만 물을게. 나랑 내 친구랑 누가 더 맘에 들어? 나 솔직히 너 맘에 들거든. 그래서 너랑 자고 싶어. 노래방도 가고. 오빠가 사실 너한테 불러 주고 싶은 노래 있거든. 딱 오늘만, 더 이상 바라지도 않아. 내일부터 내 친구랑 사귀어도 돼. 근데 오늘만 나랑 자. 씨발, 죽을 것 같아, 너랑 하고 싶어서. 내가 진짜 도망이 뭔지 알려 줄게, 싫어?

4

뭐가 싫은 건데 지금까지 잘 놀았잖아
그런 눈으로 날 보는 이유가 뭐야.
넌 그런 사람 아니야?
정말?
그럼 어떤 사람인데?

5

천천히 생각해 봐. 네 기억의 바늘 끝이 닿은 최초의 순
간부터.

위도우

임창정의 배역들을 사랑했네 어디서 좀 놀았었냐 씨발
라마 지껄이다 따귀를 얻어맞는 장면 헐렁한 면바지 주머
니에 양손 깊숙이 집어넣고 커다란 꽃무늬 프린트 셔츠를
입었네 껌을 두 개씩 씹거나 담배를 한쪽으로 비껴 무는
건 나만의 디테일 아무에게도 보이지 않는 그러나 누구나
알고 있는 가늘고 둥근 선의 저변에서 웃긴 건 웃긴 거다
슬픈 건 슬픈 거다 그리운 건 멀리 있고 멀리 있는 건 내
것이 아니다 내 것이 아닌 것은 어찌 그다지도 아름다운가
남의 손에 들린 꽃다발은 왜 이렇게 향기로운가 오늘 본
여인은 아름답다 나에게서 떨어져 치마 깃만 나풀거린다
내가 사랑했던 누구도 나를 사랑하지 않았다 과거는 슬프
고 미래는 암담하다 그러므로 여자는 남자의 미래다 담배
는 작가의 현재다 나는 미래가 없고 사타구니 안쪽에 소
문만 무성하다 뒤집힌 주머니에서 먼지가 흘러내린다 절
대 그럴 리가 없어 알면서 알고 있으면서 **나는 지금까지
한 번도 그런 삶을 살아오지 않았으므로** 오늘 본 여인은
아름다웠지만 향기로웠지만 우리는 나뭇가지에 충돌하는
봄 햇살처럼 파랗게 웃으며 안녕을 고하고는 먼저 돌아서
는 것 이따금 뒤돌아보는 것 우우우우 흐미를 부르며 뒷
모습에 익숙해지는 것

48

그리하여 당신의 얼굴을 마주 볼 수 없네 옆모습만 보네 흘깃흘깃 떠 있는 술잔 속의 당신에게도 부끄러워하네 자꾸만 얼굴이 붉어지네 나는 뿔이 크게 자란 붉은 사슴처럼 우두커니 있네 길고 얇고 부드러운 바람이 먼 바다로부터 불어와 당신의 치마를 부풀리네 부풀리고 있네 한 손에 신발을 벗어 들고 모래 위를 걸어가는 해변의 여인이여 바람이 당신을 건드리네 나는 손을 뻗어 바람을 애무하네 당신을 거쳐 온 바람을 소유하네 손가락 사이를 빠져나가는 이 바람의 어딘가에는 당신의 지문이 묻어 있겠네 입술이 닿아 있겠네 바람은 당신의 거푸집 나를 깎고 녹이고 구부려 그 속에 내 몸을 채우고 싶네 당신의 몸처럼 우아하고 아름다워지고 싶네 두 개의 바람이 하나로 뭉쳐서 폭발하네 비워져 버린 바람의 공간 속으로 어둠이 들어오네 밀려오네 당신을 숨기는 일몰의 커튼 밖에서

미영이

주위에 괜찮은 사람 없어요? 있으면 소개해 줘요 내가
원래 잘 넘어져요 지난주 무릎도 까졌는데요 이것 봐요 하
루 이틀 일이 아니에요 취업이 안 돼서 큰일이에요 말이
자원봉사지 엄마가 시켜서 하는 건데요 도시락 배달하는
거예요 할머니 혼자 살고 그런 곳이 많아요 동생은 휴대
폰 새것으로 바꾸고 바로 군대 갔어요 근데 엄마가 나는
안 사 줘요 자꾸 잃어버린다고 이건 수신도 불량이고 자
꾸 꺼지고 아휴 어디 좋은 남자 없나……

미영이가 말했다
함께 야구장에 갔고
종로의 늦은 저녁까지
술집에 있었고
각자 집으로 돌아가기 위해 정류장에 서 있었다

깊어질수록 소멸에 기우는 밤

우리는 같은 색깔의 가방을 메고 있었고
마주 서 있었고
다른 곳을 보고 있었다

뱉지 못한 말들이 입속에서
물방울처럼 뭉쳐졌다 흩어졌다

막차가 다가오고 있었다
저기 깊은 곳에서
아득한 곳으로

미영이

　지하철에서 미영이를 보았다 나와 사선의 자리에 앉아 있는 미영이는 고개를 숙이고 있었다 눈이라도 마주쳐 보자 끊임없이 미영이를 바라보는데 얼핏 고개를 들자 미영이가 아니었다 아니 다시 미영이었다가 아니길 반복했다 미영이는 나보다 한참 어리고 예쁘다 그러므로 미영이다 미영이가 아니다 아니다 차라리 미영이가 아니어라 저기 저 여인이 미영이인들 무엇하리 미영이는 다른 남자를 사랑하고 가끔 그 남자의 집에서 하룻밤씩 자고 간다 하는데 남자도 이따금 곁눈질을 하나 미영이를 사랑하는 것임에는 틀림없다 나는 미영이의 손도 한 번 잡아 보지 못했고 사랑한다 고백도 못했으므로 결국 미영이는 그 남자와 자는 사이가 된 것이다 그 오래전의 미영이인지 미영이가 아닌지 불확실한 저 미영이는 검정색 스타킹과 굽이 낮고 비쥬가 박힌 구두를 신고 있다 구두코가 둥근 것이 미영이가 맞기는 한데 나와 미영이를 모두 아는 친한 형은 미영이가 못생기고 싸가지가 없다고 내게 말하면서도 타당한 근거는 대지 못했고 취해 말을 반복했다 나는 미영이가 얼마나 예쁘고 착한지 구체적으로 말할 수 있다 미영이는 눈이 예쁘다 미영이는 코가 예쁘다 입술이 예쁘다 또한 내가 따라 주는 술잔을 두 손으로 공손히 받으며 자작하는 나의 습관을 존중하여 내게는 술을 따르지 않는다 보라!
이 얼마나 논리적인가! 그러므로 형이 틀리고 내가 맞다
이 땅에 미영이라는 이름을 가진 여인이 얼마나 많겠는가
누가 들어도 여자일 것이라 생각할 미영이라는 이름의 남
자도 있겠지만 저 여인이 내가 아는 그 미영이인지 얼굴
마저 닮은 또 다른 미영이인지 알 수 없는 옆모습만 보는
사이 미영이는 통화 중이어서 나는 저 네모난 기계에 가
려진 볼이 미영이의 볼이 맞는지 미영이가 아닌지 의아해
하다가 목적지를 지나쳤으므로 결국 하차하기로 한 것이
다 지하철이 정차하고 문이 열리고 내가 자리에서 일어나
는 순간 저 애매한 미영이가 비로소 전화를 끊었는데 안
심하는 눈빛으로 나의 눈과 마주쳤는데 이미 나는 내려서
승강장을 걸어가는데 문이 닫히고 있는데 문득 나는 그 미
영이를 향해 굵고 짧게 쩍!

속성의 색깔

내려앉은 먼지의 속성은
깨끗한 수건으로 닦아 보면 알 수 있다
설탕물을 빨아먹고 익어서 당도 높은 수박과
먹물의 옆에서 검어진 사람에 대해
들어 본 적이 있다

나는 혼자서 염색한다
늘어 가는 흰머리 나의 머릿속은
하얗게 지워지거나 비워지거나
주변머리부터 서서히

이야기를 나누다 낯빛이 얼룩진
어제의 친구와 연락이 닿지 않는다
어떤 말이 너의 얼굴에 묻은 것인가
내 앞에서 더러워지는 얼굴

언제부턴가 나는 말이 많아지고
머릿속은 비워지는 것 같다

나의 말은 검은가 뇌를 가득 채웠던

말들이 입 밖으로 쏟아져 나오는 것인가
잘 갈린 칼처럼 나는 빛나는 이빨을 가졌고
긴 혀는 부드러우나
입 밖으로 나오는 말들은 검정

내가 나를 부둥켜안고
내 몸에 얼굴을 문지르는 동안
베어지고 찢어지고 닳아 버린 입술의 둘레
나는 자꾸 어두워지고 마침내
암전의 근조 등처럼
먼 곳에서 흔들리는 얼굴

융

도시가 어둠 속에서 소화되고 있다
물러지고 흐려지고 뒤죽박죽
섞이고 있다

가로등은 멀리 있으므로 있으나 마나
각자의 이쪽에서 저쪽으로 서로를 향해
걷는 모양새다

융의 얼굴이나 나의 얼굴이
검게 보이는 것은 당연한 일
모든 결정은 동공의 권역에서 이뤄진다

융과 나의 얼굴에 하나씩
선명하게 빛나는 점, 약속도 없이
담배를 물고 있으므로 우연이다

자의 반 타의 반 주먹을 휘두른다
나는 힘겹게 휘두르며 생각한다
도무지 맞지를 않아
사실,

융과 나는 먼 곳으로부터 가까운 곳으로
흑점으로부터 붉은 불꽃의 눈동자에게로
다가왔으므로 필연이다
침과 침이 섞이고 피와 피가 섞인다

까닥까닥 흔들리는 전등 아래
흐트러진 머리를 등지고 앉아
우리는 국수를 말아 먹는다

결로

　전시입니다 백색의 어둠 속을 더듬어 적의 목을 베던 전사의 기억입니다 베고 베이다 혼자만 남는 전쟁, 알면서도 전장을 찾아가는 전사들의 기억이 풀잎 끝에 응결되어 있습니다 매달린 물방울에 담긴 하늘입니다 누워서 바라본 하늘입니다 나무입니다 날카로운 빛과 빛 사이에서 흔들리는 나뭇잎의 뒷면입니다 얼굴입니다 입 벌린 나의 얼굴 증발할 물방울입니다 전사들의 피가 스민 흙 속에 함께 누적될 기억입니다 어머니 사람을 죽였어요

　내 칼로 내 목을 쑤시는 무승부의 전쟁

사물의 시간

어둠은 불안의 축축한 손

골목에 고양이 한 마리

우리는 서로 닮아 있다

끝없이 졸음이 쏟아진다

이것은 죽음에 대한 연습

가장 편안한 자세로

그림자 이불을 덮고

묵주를 쥐고 있는 사형수처럼 오만하게

비나이다 비나이다

비옵나이다

내 아이의 콤비네이션 피자

숙성된 도우 토마토 페이스트 당근 양파 소스 페퍼로니
양송이 올리브와 베이컨
미트토핑 반달감자 마지막으로 치즈를 넉넉히 뿌려
잘 달궈진 오븐에 구워 내는 피자는 사실,
치즈 맛으로 먹는 음식

단풍 든 호박잎에 치즈를 얹어 구우면
호박잎 피자가 되는 음식
누가 뭐래도 치즈가 빠지면 이상한
패션의 완성은 미모라는
일부가 전체를 지배하는
치즈의 치즈에 의한 치즈를 위한
신념 같은 음식을
아이가 먹고 있다

늦은 저녁 학원에서 돌아온 아이가
배달 피자를 먹으며 투덜거린다
한입 베어 물고 씹다 보면
소스에 곁들인 올리브와 아삭한 양파 향과 고기의 쫄깃
함을 맛볼 것인데

치즈만 걷어 먹으며
맛이 없어 너무 맛이 없어를 반복한다

피망 쪼가리 같은 이 아이는
길게 늘어지는 황금빛 고급 치즈를 투정하다가
방으로 들어가 버리고
치즈 없는 피자를 씹어 먹는 나는
나중에 사 줄게
나중에
나중에
반복하던 오래전의 내 어미가
분꽃 씨앗처럼 까마득하게 떠오르는 것이다

비와 피

비가 왔다 피가 내 몸을 훑으며
발가락 사이로 흘러내린다

아버지와 조부는 집을 짓고
신념의 길고 높은 능선을 장만했다
백부는 밀항을 포기했고
숙부는 툇마루에 앉아 명심보감을 읽었다

조부가 죽자 능선 위에 각자의 성이 쌓였다
어느 날 아버지는 목향의 연기 아래에 누웠다
나는 비탈진 능선 아래로 떨어졌다고 표현했다

더위에 지칠 즈음 우리는 봉분에 자라는 풀을 베었고
아이들은 뛰어놀며
무덤가의 꽃을 꺾었다

어떤 날은 비가 내렸고 어떤 날은
능선 위로 해가 기울어 갔다
노인들은 뒷짐 지고 능선을 바라보다
뒤꿈치로 푹푹 땅을 파며

여기는 내 자리

비가 내리면 논둑이 무너지기도 했고
성전(聖戰)의 끝에는 피가 흘러넘쳤다
비는 더럽고 피는 흐른다
내 몸의 더러운 피가 끝없이 흘러내린다
그건 창백함과는 다른 말이다
우리는 모두 편안한 죽음을 생각했고
한 움큼씩 쥐고 있던 아이들의 꽃은 결국
버려지는 패 같은 것이었다

숨

홍수 뒤에 길어 올린 우물물 같다 그 물에 빨아 놓은 이불 같다 이불을 널어놓은 빨랫줄 같다 빨랫줄을 괴고 있는 받침목 같다 빨래를 비추며 지나가는 오후의 태양 같다 때로는 태양이 태양이길 싫어하는 순간이 있다 개가 개인 것을 분노하며 짖듯이 달은 달의 색으로 진다 모든 몸부림이 격렬한 것은 아니다 모든 사랑이 간절한 것은 아니다 모든 불꽃이 뜨거운 것은 아니다 먹는다고 배부른 것은 아니다 배고픔이 서러운 것도 아니다 슬프다고 우는 것은 아니다 추운 것이 추운 것도 아니다 모든 운명이 기구한 것은 아니다 그렇다고 아닌 것도 아니다 바람이 분다 풀잎이 흔들린다 새가 지저귄다 고양이가 지나간다 아이들이 사라진다 다 창밖의 일이다 누구도 뜯어낼 수 없습니다라고 말하던 설비공의 확신 같은 창문 밖의 일이다 내 신경 밖의 일이다 입술을 모아 새의 소리를 흉내 낸다 노래가 아니다 풀이 흔들리는 것도 바람이 부는 것도 종래에는 창밖의 일이므로 바람이 불면 그곳은 저녁의 이불을 빨리 덮는다

제3부

파꽃

올 것이 왔는가
내 텅 빈 청춘의 폭죽이 무덤처럼 터지네
눈 매운 젊음이 손끝부터 말라 가네
노랑노랑 시들어 가네

벌 나비 똥파리 할 것 없이
날개 달린 것들은 날아들고 보는
베란다의 조그만 화분에서
나는 여문다네

푸르게 피우고 열없이 맺은
내 빈곤한 씨앗들이여
오늘 나는 말라 가며 꽃대 꺾이는 식물처럼
한 줌 짧은 생이 허물어지네
내 발치에서 솟아날 것들이여
싹틔울 숨들이여

여름밤의 유성우는
순해지고 고요해지고

Still life

호수에 여자가 떠 있다
수초의 긴 손들이
알몸에 감겨 있다

물속에서 잠들면 어떤 꿈을 꾸게 될까
서서히 부풀어 오르는 몸

안개가 걷혀 가는 시간
수면에 햇살 풀린다

호수는 마름모 시간은 오전
더 부풀기 전에
더 밝아지기 전에
배경은 무심하고 가볍게
끊임없이 지워지는 둥근
발자국을 그려 내는 소금쟁이나
덤불 사이를 비집고 유영하는
물뱀은 던지듯이 스케치로

지난밤 여자는 물로 희석됐다

동공에서 중력이 사라졌다

조금 더 차가워지고

조금 더 가벼워지고

물의 체온으로

사물이 되었다

그림자놀이

바늘구멍을 빠져나온 요정처럼
작은 전구가 나를 가장 크게 만든다

나는 그늘의 색
그곳에 짐승이 있었다

숨어 지내던 짐승들이
움직이기 시작했다 고요하게
세상이 내 몸의 색깔로 드리워지는 시간이다

진실은 언제나 숨어 있어
매일 아침 의문의 죽음들이 드러나고
놀이터에서 아이들은 미끄럼틀을 타며 놀고 있다
아름답게 추락하는 법을 배우며
까닭 없이 뒤돌아보는 아이
저변을 경험한 적 없었으므로

철봉에 매달린 아이의
구겨진 그림자가 툭,
몸으로 달라붙는다

가벼운 것이 무거운 쪽으로 끌리는 이치

그림자가 몸으로 파고드는 순간이다
놀이터에 짐승의 음성 깊어진다
세상의 첫 경험이다

우후망종일야(雨後亡種日夜)

페인트 벗겨진 담벼락마다
재개발 공고문 너덜거리는 동네
꽃 피기 전부터 열매 익을 때까지
한 무리 새처럼
그들은 같은 얘기만 한다
달궈진 석쇠 위에 알밤 몇 개
어제는 찬성 둘 반대 하나
오늘은 찬성 하나 반대 둘
그런 걸 변심이라 하는데 내 맘 나도 모르겠다며
벌주를 마시는 걸 변명이라 하는데
찬반의 주장들이 귀 떨어진 밤처럼 푸시식 익어 갈 때
안주가 익기를 기다리며
때론 아군으로 때론 적군으로
변심과 변명을 데워진 혈액처럼 순환시킨다

불길이 잦아들고 재가 날리자 그들은
지친 병사처럼 두리번거리다
떨어진 앵두를 주워 술잔에 담근다
술잔에 빠지면 커 보이는 앵두처럼
붉고 둥근 것은 달콤할 것이라는 오래된 믿음처럼

식어 가는 화로 위에 부풀어 오르는 저녁
잔이 채워졌다 비워졌다 한다
앵두가 커 보였다 작아 보였다 한다
먹을 수도 먹지 않을 수도 없는
붉고 둥글고 말랑거리는 것이
술잔 속에서 올라갔다 내려갔다 한다
입술에 닿았다 떨어졌다 한다

건전가요 1980

한없이 유치해져 볼까 살짝살짝 손등을 스치며 기회를 엿보는 연인처럼 누군가 먼저 손을 잡는다면 다음부턴 누구랄 것도 없이 와락 끌어안을 테지만 그래도 한 번은 유치해져 볼까 비운에 얼룩진 가수가 음반을 내기 위해 단한 곡의 희망가요를 작곡하듯 그렇게 유행가는 탄생하고 부와 명성을 껴안은 가수는 스스로 머리에 총을 겨누겠지만 쓰고 지우고 다시 고치는 습작의 습관을 버리고 오늘은 유치해져 볼까 사랑과 그리움을 남발하고 느낌표 감탄사까지 마구 늘어놓고서 지면의 끝자락에 쓴다 이미 나는 강을 건넜네 돌아보면 내가 건너온 저 강은 얼마나 깊고 짙푸른 물살로 흐르고 있나 한 발 한 발 내딛던 내 발목을 물어뜯던 귀소의 혈어들이여 옷가지를 쥐어뜯던 가시덩굴이여 끝내 영봉에 올랐을 때 등골이 서늘해진 것은 찬바람이 아니라 가까워진 하늘 때문이었지 나의 생활에서 멀어진 까닭이었지 유치하게도 나는 여전히 죽어서 간다는 하늘나라를 믿으므로 오늘은 조금 더 쓸데없이 유치해져 볼까 끝내 손잡아 보지 못할 미완의 연애일지라도 가수는 방아쇠를 당기지 않았을지라도

미주 명신 아진 그리고 나

　우리는 회현동의 삼류 호텔 술집에 함께 있었다 명신과 나는 술을 나르고 미주는 술을 따랐다 아진은 미주의 옆 자리에서 사내들에게 쉽게 가슴을 꺼내 보이던 여자 미주 는 아름다운 구슬처럼 화장한 검은 눈이 도도한 여자 그런 여자를 사랑하지 않을 사내는 없을 것이므로 미주가 지나 칠 때 이는 바람 앞에서 명신과 나는 깊게 숨을 들이마시 곤 했다 그것이 그녀의 영혼이라고 생각했던 명신은 언제 부턴가 미주의 앞에서 말을 쉽게 잊었다 미주는 많은 사내 들이 찾는 여자였으므로 취한 메뚜기처럼 룸을 옮겨 다니 곤 했는데 그러다 사내들에게 들키곤 했는데 명신은 미주 대신 따귀를 맞았고 미주는 호텔 방 키를 들고 사내와 엘 리베이터를 탔다 그날 고깃집에서 명신은 마른 화초처럼 취했다 어릴수록 흔한 일에 분노했고 명신은 그것이 사랑 이라고 믿었다 막 전역한 명신은 눈이 붉은 사내 미주와 아진을 꼬드겨 질펀하게 놀아 볼까 반쪽짜리 농을 치던 나 를 노려볼 때도 복학할 때까지만이라고 더듬더듬 말할 때 도 그랬다 그러는 사이에도 사내들은 미주를 사랑했을 것이 다 하룻밤 사랑하고 한동안 잊고 다시 하룻밤 사랑하고 기나긴 시간 잊고 다시 하룻밤 사랑하고 긴 시간 잊곤 하 며 시간이 흐르고 있었을 것이다 몇 년 후 명신은 지하철

기관사가 됐다고 마지막 전화를 했다 그렇게 흘러가던 어느 아침 출근길 미주를 본 것이다 내가 열차에서 내리고 반대 방향에서 열차가 들어오고 있었다 어두워지면 모이고 해 뜰 무렵 헤어지던 시절의 기억은 그렇게 시작되는 것이다 그 원숙한 여인은 미주였을 것이다 찌익찌익 옷상자에 박스 테이프 붙이는 소리가 먼지처럼 매캐하던 회현동의 지하철역이었으므로 미주여야 했다 명신 또한 그 시각 뜨거운 바람을 몰고 들어오던 열차의 운전석에서 미주를 봤어야 하는 것이다 수많은 사람들이 계단을 오르고 있었고 아직 열차가 움직이고 있었지만 한눈에 알아봤어야 하는 것이다 한 시절의 사랑이라는 것이 그렇듯 어둠 속을 달리는 명신에게 북적거리는 인파 속에서도 한때의 사랑을 단번에 찾아내는 것은 의무였을 것이다 그날 거기에 미주가 있었고 내가 미주를 봤으며 명신도 미주를 봤어야 하는 것이다 문이 열리고 사람들이 내리고 타는 짧다면 짧고 길다면 긴 시간을 뼈저리게 공감하며 명신은 두 눈의 붉은 악력으로 미주를 움켜쥐고 있어야 한다 나와 아진 그리고 낡은 술집에서의 한때를 기억해 냈어야 한다 그 시절의 표정으로 문 닫는 것을 잠깐 잊어도 좋았을 것이나 명신은 미주를 향한 욕망 혹은 채우지 못한 욕정 대신 자신을 사

76

랑하는 아내와 아이를 떠올리며 열차를 출발해야 하는 것
이다 운행은 순조로울 것이고 명신은 조금은 들뜬 그러나
중년의 목소리로 안내 방송을 했을 것이다 문 닫습니다 열
차 출발합니다 이 열차는 당고개를 출발하여 오이도까지
가는 열차입니다 감사합니다 아니다 특별한 날의 특별한
방송을 중년의 명신은 했을 것이다 지하를 벗어나 중천을
향해 서서히 기어오르는 태양빛 가득한 지상을 언덕을 지
나 평지로 때론 높은 곳에서 낮은 곳으로 흰 구름의 동쪽
에서 노을 짙은 서쪽으로 나아가는 그리하여 우리 모두가
바랄 법한 생을 빗댄 방송을 했어야 하는 것이다 그랬어
야 한다 그러므로 바쁜 출근길 말 없는 사람들이 생은 어
찌 됐건 해피 엔딩이라고 믿으며 출근 도장을 찍을 것이고
하루를 또다시 살아가는 것이다 모두가 바라듯 해피 엔딩
이어야 한다 그것이 내가 이 상투적인 이야기를 써 나가
는 이유이지 않은가 계단을 오르는 사람들의 가볍게 쥔 주
먹에서 사연의 모래가 흘러내려 세상은 뿌연 삶의 색이다

이후의 감정

커피가 식었다고 융은 렌지를 켜고
맥주가 식었다고 나는 냉장고 문을 연다

볕이 드는 거실의 테이블에 걸터앉아
우리는 이야기합니다
뜨거운 것이 차갑게
차가운 것이 미지근하게
사랑을 마친 후의 알몸처럼
실온을 향하는 감정에 대해
풀림의 변곡점에 대해

융의 잔과 나의 잔은
서로 온도가 달라서
나는 텔레비전을
융은 눈부신 창밖의 풍경을 응시하고
한 모금씩 채워 나가는 감정의 공복

대화들이 오가고 때로는
문득 떠오른 변명처럼 서성이는 것은,
살과 살을 스치면서

감정의 맥을 짚어 보는 것
비워지고 다시 채워지는

맥주의 거품과 커피의 향기가
감기고 엉기고 뒤섞여 집 안 가득 맴돌 듯
영점으로부터 각각의 온도로 데워지고
빙점으로 회귀하는
결국의 과학

이런저런 화초들이 모여 정원을 이루듯
우리는 모두의 온도를 통과했고
어떤 순간 최초로 복귀를 모색하는
물리학이 실행된다

수드라의 정원

이상하고도 이상한 아름다운 고양이라는 이야기
둥근 발 눈부신 하얀 털 색깔이 서로 다른 눈동자가 당신의 가슴 위에 올라앉아 먼 곳을 응시하는 일
꼼짝없이 처음 본 사람을 따라가거나 모르는 곳을 향해 생각 없이 걸어가는 일

어제는 꽃이 피고 오늘은 꽃이 졌다 하루 만에

당신을 떠올리기 충분하다
유리 식탁 위에 찍힌 커다란 발자국으로부터
하나 둘 셋 잔뜩 화가 난 채 헤아리고 있었지 손가락을 차례로 구부리면서
땡볕 아래 꽃잎이 말라 가고 있었지
나를 말려 죽일 속셈이었다 천천히

손안에 쏙 들어오는 모종삽으로 흙을 파내며
이 정원에는 한 그루의 너만 심겠어 튼튼한 기둥에 너를 묶어 발목까지 흙을 덮겠어 뿌리가 내릴 때까지만이야 비가 오면 우산을 씌워 줄게 태양이 눈부시면 물을 뿌려 줄게 겨울이 오면 담요로 감싸 줄게 그러니 순순히 말을 들

는 게 좋을 거야 나에겐 모종삽이 있거든 이게 다가 아니
야 얼마나 많은 무기가 있는지 말로 다 못 해 과연 너에게
후반전이 있을까 꿈꾸는 파랑새처럼

　흔들린다 나뭇가지 끝마다 핀 치자나무 꽃 명멸하는
함성
　허공으로만 오르는 가벼운 힘 아지랑이 아지랑이 고귀
한 자들의 고귀한 방식으로 고귀한 음식을 나눠 먹고 깨
끗한 얼굴로 활짝 웃어 보자 바람의 반대 방향으로 터지
는 노란 향기 수드라 얕은 뿌리 식물 수드라 정원에 식목
된 노란색 꽃 향불의 작은 정원

　아름다운 정원에는 울타리가 있지 하양 페인트로 칠해
진 말뚝과 말뚝을 이어 주는 두꺼운 밧줄

망연(茫然)

1

찬 없는 밥 먹은 지 열사흘째다 어떤 나라를 궁리한 지 열하루 그리움이 슬픔으로 변한 지 여드레 새 여권을 받은 지 달포나 됐으려나 배 타고 가야 하는 곳 하루 두 끼 먹는 전통으로 사는 곳 그림자를 그늘이라 부르는 곳 빗줄기와 대나무 줄기가 서로를 향해 그 끝을 겨누는 곳

에스프레소를 주문했을 때 점원이 말했다
이건원액만아주조금나오는커피입니다괜찮으시겠어요
그래 봐야 커피지 말이 좋아 맛이지 불꽃 없이 타 버린 재의 물일 뿐 아무려면 어때요 난 그런 거 몰라요 진보도 보수도 아무것도 아니어서 취향도 취미도 없고요 요새는 술을 마실 때마다 얼굴이 달아오르는 일이 잦아져서

2

내가 나에게 붉은 사슴이라 별명을 지어 준 지 한참이 다 흐린 전등 아래 숙인 내 머리를 쓰다듬는 사람이 있었 다 그때 내 작은 꼬리가 흔들렸지만 반가움이란 오래가는

감정이 아니어서 뿔은 마른 산호처럼 자라다가 빠져 버리
곤 했다 당신은 계절 탓이라고 일축했다 도통 알 수 없는
말이어서 나를 쓰다듬은 것은 당신 손이 아니라 혓바닥이
지 문득 생각했다 이듬해 봄이 짙어졌다

3

창으로 드는 빛은 흐리고 푸르러 나의 시간은 들숨과
날숨이 교차하며 지탱된다 파자마를 다리는 계집처럼 발
등을 핥던 고양이가 꼬리를 세운다 달빛을 밟고 걸어간다
창가에 멈춘다 빛의 끝에서 빛의 건너를 바라본다 한 가
지 표정으로 한곳을 바라보다가 입을 연다 독백과 방백의
중간쯤 소리로 한 글자씩 나는 이름을 다시 짓고 있었다

우리는 매우 그러하지 아니하였음에

달은 뜬다
한 달 중에 보름을
만날 때마다 옷을 갈아입었던
예전의 애인들처럼
어떤 날은 일찍 어떤 날은 늦게
내 방 창문의 이쪽에서
저쪽으로 지나쳐 간다

거기까지가 우리의 인연인 것이다
이런저런 달들은
여러 차례 밤의 증거
그거 다 쓸데없는 짓이었다
라고 손사래 치듯
지우개로 지우고 후후 쓸어 내던 손처럼
어김없이 뜨는 해는
밤을 지우는 붉음
지우면서도 붉다는 것은

아, 창피해요
나는 말이죠 뭐 하나 도리 없는 지구인

달이라 쓰고 달이라 읽듯이
뭘 어쩌겠어요 세상의 집들마다
창문 하나씩은 있는데
액자 하나씩은 있는데

창틀 안에 갇혀서 액자가 되어 가는
하루 안의 하루

협정의 밤

난촉 사이 꽃대가 올라왔다
난, 너에게 어떤 이름을 지어 줄까

너는 애주가 나는 화분에
네 몫의 술잔을 엎어 주고
꽃을 떨어뜨린다 너는
한 송이 낙화취흥
짙어지는 그대 입술을 보며

우리는 아직 그런 사이인 거지

나방들이 전등을 끌어안고
대가리를 처박는구나 비늘이 날리는
날갯짓으로 전등을 식히는구나
제 흥에 지쳐 추락하는 미물처럼
선잠에서 깬 자들 돌아누워 눈을 감고
그대와 나의 밀약이란
피어오르는 연기 같아서
웅덩이의 구름 같아서
이 밤은 다시 오므라지고

그러나 꽃대를 밀어 올리는
너의 진의를 알고 싶다

마른 잠

새카만 목줄기에 차곡차곡 빛이 쌓인다
한 손에 잡고 있는 푸른 술병
여름 햇살을 온전히 받으며
뱀의 일부가 삭제되는 중이다

뱀은 밟는 것이 아니다
뱀은 죽이는 것이 아니다
뱀은 발을 구르고 주문을 외우며 몰아내야 하는
멸시의 동물이 아니다
뱀은 그냥 뱀이어서 살다 보면 돌돌 말릴 일도 있으므로
머리와 꼬리가 맞닿은 잠
시작과 끝을 구분할 수 없는 잠의 머리맡에서
한낮이 발효되는 중이다

한때 우리에게는 궁극이라 불리는
아름답게 독기 서린 꼬리가 있었고
태양의 밀어를 해석하는 귀가 있었고
이쪽에서 저쪽으로 쓸고 가는 그림자를
부드럽게 어루만지던 손이 있었다

늙은 유두 같은 꼬리를 물고
꾸는 꿈은 무르다
쉽게 부스러지는 꿈의 밖에서
오후의 느린 햇살이 어깨를 누른다
누구에게나 일몰이 올 것이다
인파 속으로 흘러드는 뱀처럼
구부러진 밤의 보도를 넘어서

안개의 긴 이름

마흔 살에도 한 편의 시 같은 연애를 할 수 있을까 인구
의 절반은 여자 나는 애인도 없고 아내도 없고 아이도 없
으므로 바닥을 친 인간 어쩌면 지금이 바닥
얼굴이 붉어지도록 부끄럽던 날 꽃을 꺾어 팽개치던 날
고개를 돌리고 고백하던 그날

쎈타를 까! 쎈타를! (주먹을 휘두르며 소리를 지르는
사내들 화면은 흑백)

두 주먹 불끈 쥐고 힘차게 외치던 호시절의 구호처럼 모
든 힘이 중앙으로 집중되는 날들이 있었습니다 그 까마득
한 날들을 등지고 앉아 발톱을 자릅니다 내 몸의 끝과 끝
에서만 자라나는 단단한 것들 사사십육 사사십육

이제껏 한 번도 가져 본 적 없는 것을 갖게 된다면

나는 어찌해야 하나요 새로운 형식의 곱셈이 필요합니
다 복서의 눈이 찢어지고 던져진 흰 수건
울컥 눈물이 나옵니다 나는 이토록 흰 수건을 본 적이
없었습니다 밟히고 구겨진 나의 날들은 철없는 아이처럼

아무것도 걸치지 않은 채 세상의 절반은 육지 절반은 바다

　살을 파고든 발톱을 자르니 몇 방울 피가 났습니다 등을 구부리고 발가락에 호호 입김을 불어 줍니다 발이 따뜻해지고 내 마음도 따뜻해지고 오늘 밤 자고 나면 나는 이제 절뚝거리지 않겠지만 그렇다고 세상의 모든 것이 아름다워지지는 않겠지만 발가락을 주무르며 아름다울수록 긴 이름을 지어 주는 시대를 생각합니다

모르스

아이가
현관문을
열었다
닫았다
열었다
닫았다

밝음
어둠
밝음
어둠

웅크린 골목
눅눅한 집들
가로등 없는 저녁
아이는 끝없이 열었다 닫았다
행인의 동공에
골목길이
박혔다 빠졌다

제4부

쎈티멘탈

거봐, 바람이 불잖아
정수리에서 이마를
눈썹과 코끝을 지나 입술까지 흐르며
멈추면 바람이 아니지
비좁은 골목을 빠져나와
나의 방향으로

고양이 좀 봐
매일 앉아 내다보는 창밖인데
언제나 처음 보는 표정으로
눈을 동그랗게 치켜뜨고
귀처럼 뾰족한 동공
도대체 무엇을 놓치고 사는 거니
점점 벌어지는 담벼락의 실금이나
사실은 며칠째 멈춰 있는 구름

구름이 구름을 긁는다
불꽃이 튀고
쏟아지는 파편들
쉽게 젖는 나는 왜소하고

사랑은 얼마나 짧았을까
생각하면 볼품없는 시간들
할 만큼 했고 놀 만큼 놀아 봤지
들판에 그림자를 펼쳐 놓은 산처럼

잠자리에서 일어나는 눈꺼풀이 힘겹다
내 몸의 가장 깊숙한 곳까지
병이 들어 주무르고 나간 후

비극은 그렇게 시작된 것이다
한 그루 고목처럼
구석에서 피어나는 곰팡이처럼
계단 뒤에 계단
절벽 뒤에 낭떠러지 그런 식으로

나뭇가지가 휘어진다
해묵은 껍질이 떨어져 나간다
점점 느슨해지는 악력으로
저 뿌리가 버티고 있는 곳은

공룡의 뼈가 가라앉아 있을지
살과 내장이 녹아 있을지
얼마나 더 빨려 들어갈지
알 수 없는
늪

문득
모든 순간들이 우수수
바람보다 먼 곳에서
빛을 맞이하는 방식으로
웃는 것도 우는 것도 아닌 표정으로
쏟아져 내리는 한 무리

위도우 쎈티멘탈

어제의 오후 세 시는 하루 중 가장 빛나는 시간 오늘의 오후 다섯 시 충혈된 태양이 늘어진 전깃줄에 매달려 있다 온종일 누구도 미련에 대해 말하지 않았으므로 일몰은 시작될 것이다 고궁은 고궁의 자리에 신호등은 신호등의 자리에 발이 없는 것들은 그림자 곁에서 머뭇거렸다 유행가는 무너진 사랑을 이별마다 멜로디가 붙여지고 일 절과 이 절 사이 태양이 떨어지는 사이 후렴처럼 저녁은 시작된다 낙하한 꽃잎이 짓무르도록 일 초의 저녁과 또 다른 일 초의 저녁이 끈질기게 이어져 있다 어둠 속에서 표정이 지워지고 영원히 끝나지 않을 후렴 이제는 계절도 믿을 것이 못 된다 태양도 나무도 주저하는 달의 고요한 침몰도 고개를 돌리고 서 있던 그대까지도 긴 연주처럼 눅진한 것들 플레이어는 무대 뒤에서 악보의 마지막 부분을 연주할 것이다 그대를 생각하며 현이 끊어지도록 둥글게 말리도록 새벽이 도달할 때까지

사춘기

그날 싸웠던가 얻어맞았던가
옷이며 얼굴이며 흙먼지 잔뜩
뒤집어쓴 모습으로

아마 코피가 났었던가
콧물 훌쩍 훔쳐 닦던 옷소매
반들거렸던가

저녁 붉게 올라오던 날
춥지도 덥지도 않던 계절
어리지도 자라지도 않았던 그해

집으로 돌아가던 긴 제방
네댓 걸음 뒤에서
네가 따라오던 길가에
토끼풀 꽃

물에 빠진 낮달같이
그렇게도 달같이

목마, 장미

느린 시간의 촛불을 붙이는 여자 주인이 바뀔 때마다 페인트 덧칠해진 간판 목마 장미 여자는 한 손으로 술을 따르고 한 손은 사내의 묵직한 손목을 툭툭 쳐 낸다 올 풀린 스타킹 틈으로 삐져나온 허벅지 늘어진 젖가슴 꿈도 꾸지마, 딱 거기까지야 맥주 세 병 양주 한 병짜리는, 딤플 소(小)짜리 팔아서 얼마나 남는다고, 오빠는 무슨, 내 나이 알기나 하니, 장미는 사랑 가시 돋친 사랑이라 믿는 테이블 세 개의 술집 김추자 노래가 칸막이 뒤에서 쉼 없이 흘러나온다 인쇄공장 그 자식 차 타고 어디였더라, 가다가 휴게소에서 사 준 그 씨디, 만 얼마짜리였더라, 자기가 좋아서 샀지, 사서 여기다 놓고 안 오지 개새끼, 저건 노래가 늘어나지도 않아, 테이프는 늘어나면 버리기라도 하지, 한 삼 년 봄가을로 태우고 다녔지, 인쇄공장 봉고 차로 꽃이 피고 낙엽 지고, 몰라서 속는 것 같지? 내가 이 나이에 속정은 안 주지, 자기 같은 인간이 어디 하나둘이니, 우리 딸 사진 보여 줄까 이것 봐, 얘 남자 친구는 대기업 다녀, 인물도 좋고, 얘는 잘살거야 어릴 때부터 야무지고, 똑똑하고, 오빠야는 뭐해, 대기업 다녀? 하긴 그럼 이런 데 올리 없지, 내가 모를 것 같지, 아는 건 없는데 모르는 것도 없어, 내가 맞춰 볼까 애인한테 차였구나, 그러니까 아내

에게 잘해, 부부싸움 좀 했다고 여기 오는 사내 없어 꼭 그
래, 집사람은 신경도 안 써 머저리들 여자를 너무 몰라, 유
리병 속의 향초가 긴 그을음으로 타오른다 흔들린다 고요
해진다 화염의 여자 장미의 여자 손때가 반질거리는 유원
지의 목마, 장미는 붉다

글루미 선데이

장위동 장미다방 미스 장의 껌 좀 씹고 침 좀 뱉고 다리 좀 흔들던 날들의 종말은 오토바이 타고 배달 중 안전모 미착용 범칙금 발부 받은 것. 어느 여름날 새까만 순경이 법률에 의거하여 면허증을 요구하자, 너 내가 누군지 알아? 하고는 웃어 버렸다는데. 칠칠년 공유월 십삼일생, 그리하여 칠칠육 짓고 일삼광땡 못 잡으면 죽어야지 어쩌겠어.

이빨 보이지 마라. 내 살냄새 맡은 애들 못해도 별 하나씩은 달았어. 본부에 무전 쳐 봐. 오빠 오늘 우리 가게 들릴래? 몇 시에 교대야? 관할이 어디야? 거기 대장 누구야? 요새 순환 근무야? 이 오빠가 진짜. 가서 내 말 전해, 이런 식으로 할 거면 다들 나가리 시켜 버린다고 애들 교육 똑바로 못 시키고 짜증나 진짜.

부임한 신임마다 미스 장의 살냄새를 맡고는 진급에 진급을 거듭하여 별도 달고 꽃도 달고 일삼광땡 소문이 돌고 돌아 그녀의 배후가 된 자들. 그곳이 그녀의 첫 직장이었다. 영계에서 노계까지 닭의 이름으로 살아온 한 시절. 이 시대에 평생직장이 어디 있을 법한 일인가. 다방이 폐

업하던 날, 포클레인 이빨에 부스러지던 날, 퇴직금은 받고 퇴직하던 날.

칼 들고 소리 지르는 인질범과 확성기 잡고 투항하라고 함치는 경찰이 알고 보니 미스 장 구멍동서. 이쪽 오빠와 저쪽 오빠가 싸우는 이유가 본인 때문이 아니어서 실망을 금치 못했다는 미스 장, 그거 다 옛날이야기.

미스 장은 국가와 국민의 안전을 보위하는 이 나라 장병들의 애인이었는데. 너 그거 알아? 하이바쯤 안 써도 침 좀 뱉어도 급하다는데 좀 밟아도 패스, 패스, 패스 하던 시절. 그리고 지금 오늘 이제 미스가 아닌. 장미다방 자리에 세워진 아파트. 베란다에 서서 담배를 피우며 기다리는 그 사람.

면허증에 겹쳐 건넨 명함 보고 찾아온 그 녀석. 살냄새 좀 맡더니 우리 사귈까? 하고 물었던 녀석. 아, 나 몰라 존나 짱나 알아서 해. 술기운에 그랬다는 미스 장. 그 녀석 잠시 생각하다, 하다가 그냥, 일단 머뭇머뭇 방문 열고 나섰다는데. 낄낄, 귀여운 나의 씹새끼. 내뿜은 담배 연기와

한 줄기 눈물. 어디에나 있을 법한 일요일 저녁.

감꽃 잠

한쪽으로만 누워 잔다
고무신 섬돌에 기대어 놓고
문 활짝 열어 놓고
홑청 이불 살며시 쥐고
엄마가 잔다
선풍기 빙글빙글 돌고

열아홉 나던 동짓달 그믐날
시집왔다는 엄마가 자고 있다
고무신 뒤꿈치 고인 물이 말라 가고
장독대 옆 감나무 잎 흔들린다
감꽃 떨어진다

아버지 죽은 뒤로
가량없이 잠만 자던 엄마가
자다가 웃는다

바람아래*

날개를 펴고 공중에 멈춰 있던
새가 날개를 접는다
커다란 책갈피처럼 하강하는 새,
바람의 한 페이지가 넘겨진 것이다

바람은 수면을 깨우고
바람은 모래를 일으키고
바람은 언덕 위에 퇴적된다

바람은 하늘의 일
하늘은 우리에게서 멀리 떨어진 곳
우리는 낮은 곳에서
정독되지 못한 문장들
겹겹이 쌓여
함부로 돌을 던지고 함부로 돌아서고 함부로
당신의 손목을 잡았을 때
우리는 흐트러졌다

밀물과 썰물 속으로 태양이 몸을 들인다
구불거리는 문장들이 반복된다

이것은 바람이 주고 간 전보
해석되지 않는

깃털을 다듬던 새가 먼 곳을 오래 응시한다
눈동자에 갇힌 세계
도무지, 도무지들

●충청남도 태안군 안면읍.

새

고속도로 위에
휴지 한 장 날리고 있다

쏙 뽑아서 쓰고 버리는

내장도 두뇌도 없으므로
펄럭이는 몸의 날개로

길의 중앙에서 노변으로
갓길을 벗어나 들판으로 산속으로
시야의 한계 밖으로
날아가는 하얀 새

비가 내릴 때까지
젖고 뭉개지고
진흙에 섞일 때까지
멀어져 가는 새

거친 바람이 부는 곳에서
나는 새가 된다

풍화된다

청맹

굴뚝과 지붕을 타고
연기가 피어오르는 집
담장 위 구렁이 같은 몸으로
마당을 서성이는 노파의 눈에는
원근이 없다

잔금 많은 아궁이에서
젖은 장작의 연기가 부엌을 채우고
처마 위로 기어오른다
지붕에 둥지 튼 텃새들도
해마다 겨울은 맵고 따뜻했다

사립문 길에는 눈 쓸던 발자국만 얇다
녹지도 쌓이지도 않는 눈발이 그치고

아무도 들여다보지 않는 곳
먼지와 때
그을음의 시간이 퇴적된 좁은 방 안에서
군불의 밀도처럼 그는
서서히 줄어들었을 것이다

잿빛 연기 하늘로 피어오르는 저곳은
구워진 숯처럼 바삭거리는
생의 꼭짓점이다
이윽고 눈 덮인 평원의 집 한 채

이웃의 중력

옆집의 창과 나의 창은 마주 보고 있다
방범 창살과 두 겹의 창문 그리고
무늬가 있는 커튼이 걸리고
우리는 이웃이 되었다

우리의 관계는 형광등 빛으로부터 시작된다
어떤 색의 빛에도 그림자는 검고
때론 각진 턱선 혹은
풀 죽은 젖꼭지를 짐작게 하는
당신의 실루엣은 단정하다

당신이 믿고 있는 그
다단의 가림막과 내가 믿는
나의 보호막 사이에서
어떤 시차가 발생한다
내가 열면 당신이 닫고 내가 닫으면
당신이 열곤 하는 우리는 상호주의자

깊은 밤 이따금 창문이 흔들거리면
당신과 나는 잠깐씩 고개를 돌려

같은 방향으로 귀를 기울일 것이다
창문에 손바닥을 대고 숨을 죽여 보거나
가만히 벽지의 무늬를 세어 보는 정적의 틈에서
우리의 경계는 골목처럼 내밀해지고
다정해질 것이다

어둠 속 고요한 창문들이
먼 곳의 불빛을 빨아들이고 있다
꺼졌다가 다시 불 켜지는 창도 있다

존재 결여와 참된 향유 주체로의 몸부림

이찬(문학평론가)

1.

최원의 시집 『미영이』는 우리 주변에서 흔히 볼 수 있는 비루하고 보잘것없는 하류 인생들의 생활상을 섬세한 필법으로 그려 내는 동시에 그 운명선의 변화를 통시적 차원에서 조망하려는 고고학적 시선을 에두른다. 이는 그의 등단작 「미주 명신 아진 그리고 나」에 새겨진 "그 시절의 표정으로 문 닫는 것을 잠깐 잊어도 좋았을 것이나 명신은 미주를 향한 욕망 혹은 채우지 못한 욕정 대신 자신을 사랑하는 아내와 아이를 떠올리며 열차를 출발해야 하는 것이다 운행은 순조로울 것이고 명신은 조금은 들뜬 그러나 중년의 목소리로 안내 방송을 했을 것이다" 같은 이미지들에서 가장 또렷하게 드러나지만, 실상 그의 많은 시편들의 밑바탕엔 세월의 경과가 불러일으키는 풍속들의 변화를 살뜰하게 담아내려는 통시적 성찰의 태도가 깔려 있다고 보아도 좋다.

가령 "어느 날 강둑으로 건져 올려진/물에 빠져 죽은 늙은 여자에 대하여/암각화의 이끼처럼 푸르르 기어 나오던/그녀의 눈썹 문신에 대하여/죽은 몸에서 유일하게 살아 움직이던/그 여자의 청동기를/질량도 부피도 없는/잠시의 역사를"(「잿빛 왕」), "뒤는 시간인가 공간인가 점점 깊어지고 무거워지고 휩쓸려 내려가며 리버는 생각하네 뒤는 무엇인가 아무리 몸부림쳐도 돌아볼 수 없는 몸 바다의 거대한 푸른 힘에 휩쓸려 섞이며 힘겹게 부풀어 오르는 거품처럼 터지는 한 방울 리버는 자꾸 아름다워지는 소녀"(「걸 리버 유랑기」), "나도 계집애도 희끗희끗하니 중년을 넘어섰고 혼자 살고 있다 국 씨가 죽고, 생전 친했던 사람은 죽는 방법도 닮는다네, 계집애가 물려받은 것인데 이제 공갈빵은 그 배고프던 시절의 사람들이 추억으로만 먹는 음식이 되었고 공갈빵 가게는 시커멓게 타 버리고 재만 남게 될 것이라는 것이 민중의 판단이다"(「국가네 공갈빵」) 같은 이미지들을 보라. 이들은 현재의 시점에서 시인 제 스스로가 겪어 내는 그 모든 사건들과 현상들을 고고학적 원근법에 입각하여 응시하려 한다는 사실을 넌지시 암시한다.

이와 같은 태도와 방법론은 시인의 몸과 감각적 삶을 둘러싸고 있는 현재적 상황과 조건의 결핍감에서 온다. 아니, 나날의 삶에 지긋지긋하게 달라붙는 제 삶의 결핍과 무의미와 퇴폐성을 뛰어넘어 한층 더 고양된 삶의 세계로 나아가려는 간절한 초월의 욕망에서 온다. 그러나 시인은 이 욕망을 웅변조로 설파하기보다는, 도리어 제 삶의 터전을 둘

러싸고 있는 너절하고 부조리한 생의 감각들을 돋을새김의 필법으로 적나라하게 소묘하는 길을 택한다. 어쩌면 시인은 저 천박하고 퇴폐적인 삶의 구렁텅이로 제 스스로를 송두리째 내던진 이후에야, 비로소 참된 자기 욕망의 벡터와 그 존재 가치를 발견할 수 있다는 확신을 가진 자인지도 모른다.

2.

쿵쾅거리는 밤의 무도장에서
아버지를 만났네
우리의 눈은 급격히 충혈되었지
아버지는 아버지의 역사를
나는 나의 사관을 서랍에 넣어 두고
좋은 옷으로 갈아입고

순전히 우연이었네 우리가 그렇게 만난 건
누구나 소중한 무엇이 있으므로
우리는 함께 늙어 가고 있었으므로
빙글빙글 돌며 때리는 붉고 푸른
조명 빛의 따귀를 흠뻑 맞으며

남녀 한데 모여 흥겨운 공간 드문 세상
저기요! 하고 부르면 여기를 바라봐 주는

함의적 장소에 함께 있었네

—「유물론자들」 부분

실상 "쿵쾅거리는 밤의 무도장에서/아버지를 만"나는 일
보다 적나라하고 비루한 사건의 장면은 거의 존재하지 않
을 것이다. 그것은 그만큼 제 벌거벗은 실존을 드러내려는
시인의 충동이 강력하다는 것을 적시한다. 또한 이 과정 전
체를 골똘하게 되짚어 내려는 성찰의 응집력이 충실하다는
것을 반증한다. 「유물론자들」에서 호명되는 "아버지"는 경
험 세계에 존재하는 부친을 가리키는 듯 보이지만, 이 자리
에서도 시인의 아이러니의 감각은 빛을 발한다. 여기서의
"아버지"는 실제 현실의 부친을 지시하는 것이 아니라, 도
리어 현실 사회의 상징적 질서에서 중심의 권좌를 차지하
고 앉은 그 모든 것들을 희화화하는 풍자적 메타포로 기능
하기 때문이다. 좀 더 적확하게 말하자면, "아버지"란 저 중
심의 자리에 들어박힌 권력 자체를 상징하기 때문이다.

따라서 최원은 제 삶의 곳곳에서 솟구쳐 오르는 무수한
욕망들에 깃들일 수 있을 배타성과 폭력성에 대한 힐문 어
린 자괴감을 고백하고 있는 셈이며, 그 적나라한 존재의 진
실들과 마주치기 위한 수사적 장치로써 "아버지"를 소환하
고 있는 셈이다. "아버지"라는 타자보다 "나"의 욕망의 정
체성을 바닥까지 발가벗겨 드러낼 수 있는 대질심문자는
존재하지 않을 것이 자명하기에. 이렇듯 제 욕망의 스펙트
럼을 그 비루한 바닥의 진창까지 들여다보려는 시인의 실

존적 기투는 시집 마디마디에 강렬한 흔적을 남긴다.

가령 "많은 꽃이 겹잎을 내미는 들판에서/내 눈은 갈라지고 모든 죄는 달콤하다//당신이 나를 허용한 후에/자백한 포로처럼 꽃잎은 시든다"(「벌과 罪」), "대화들이 오가고 때로는/문득 떠오른 변명처럼 서성이는 것은,/살과 살을 스치면서/감정의 맥을 짚어 보는 것/비워지고 다시 채워지는"(「이후의 감정」), "선잠에서 깬 자들 돌아누워 눈을 감고/그대와 나의 밀약이란/피어오르는 연기 같아서/웅덩이의 구름 같아서/이 밤은 다시 오므라지고"(「협정의 밤」) 같은 이미지들에 휘감긴 욕망의 환유 연쇄를 곰곰이 되짚어 보라. 이들은 결국 최원의 가슴팍 깊이 숨겨진 존재론적 결핍감과 더불어 이를 넘어서 소외 이전의 실낙원의 세계로 나아가고 싶은 시인의 원초적 몸부림을 암시한다.

라깡의 정신분석에 따르면, 소외(aliénation)란 주체가 존재 결여(manque-à-être)를 겪으면서 어떤 분열적 상황에 처하게 되는 것을 뜻한다. 이는 우선 한 개인이 정상적인 주체로 존립하기 위해선 언어의 질서(상징계, 대타자)를 받아들여야만 한다는 것을 가리킨다. 또한 이와 같은 언어 의존적 상황에서 주체의 사유와 주체의 존재는 필연적으로 분열될 수밖에 없으며, 이에 따라 주체는 순간적으로만 존재할 수 있다는 것을 의미한다(김상환, 「라깡과 데카르트」, 『라깡의 재탄생』, 창작과비평사, 2002). 결국 주체 구성의 첫 단계는 바로 소외이며, 이는 언어(대타자)의 노예로서 주체가 반드시 치러내야 할 숙명이기 때문이다. 만일 이 숙명을 거부한다면, 정상적인 주체로 존립할 수 없을 뿐더러 정신병자로 살아야 하기 때문이다.

이렇듯 소외가 균열된 주체를 낳는다면, 분리(séparation)는 그 균열된 주체가 대타자 안에서 어떤 간극과 틈을 발견할 때 일어난다. 즉 분리는 주체의 욕망과 대타자의 욕망이 어긋나면서 발생하는 균열의 사건이라 하겠다. 따라서 분리는 주체가 '타자의 욕망 안에서 나는 무엇인가?'라는 질문을 제기할 수 있는 지점에서 형성될 뿐더러, 타자의 욕망으로부터 제 자신을 구별해 내는 과정을 가리킨다(숀 호머 저, 김서영 역, 『라캉 읽기』, 은행나무, 2006). 달리 말해, 분리는 인간에게 필연적으로 주어지는 소외의 과정에서 발생하는 병리적 성격을 극복하고 참된 향유 주체로 다시 태어나는 과정을 의미한다. 이에 따라 그것은 자신의 욕망을 타인에게 양도함으로써 발생하는 소외된 주체의 상태를 벗어나는 것, 곧 자신의 고유한 욕망과 향유를 되찾고 해방과 자유를 획득함으로써 욕망하고 향유하는 새로운 주체의 탄생이라는 내포적 의미를 함축한다.

3.

임창정의 배역들을 사랑했네 어디서 좀 놀았었냐 씨발라마 지껄이다 따귀를 얻어맞는 장면 헐렁한 면바지 주머니에 양손 깊숙이 집어넣고 커다란 꽃무늬 프린트 셔츠를 입었네 껌을 두 개씩 씹거나 담배를 한쪽으로 비껴 무는 건 나만의

디테일 아무에게도 보이지 않는 그러나 누구나 알고 있는
가늘고 둥근 선의 저변에서 웃긴 건 웃긴 거다 슬픈 건 슬픈
거다 그리운 건 멀리 있고 멀리 있는 건 내 것이 아니다 내
것이 아닌 것은 어찌 그다지도 아름다운가 남의 손에 들린
꽃다발은 왜 이렇게 향기로운가 오늘 본 여인은 아름답다
나에게서 떨어져 치마 깃만 나풀거린다 내가 사랑했던 누구
도 나를 사랑하지 않았다 과거는 슬프고 미래는 암담하다
그러므로 여자는 남자의 미래다 담배는 작가의 현재다 나는
미래가 없고 사타구니 안쪽에 소문만 무성하다 뒤집힌 주머
니에서 먼지가 흘러내린다 절대 그럴 리가 없어 알면서 알
고 있으면서 **나는 지금까지 한 번도 그런 삶을 살아오지 않**
았으므로 오늘 본 여인은 아름다웠지만 향기로웠지만 우리
는 나뭇가지에 충돌하는 봄 햇살처럼 파랗게 웃으며 안녕을
고하고는 먼저 돌아서는 것 이따금 뒤돌아보는 것 우우우우
흐미를 부르며 뒷모습에 익숙해지는 것

                                 —「위도우」 부분

  이 시집에는 정신분석이 말하는 소외와 분리의 드라마가
곳곳에서 일렁거린다. 즉 시인의 실존의 바탕을 이루는 존
재 결여의 상황들과 더불어, 이 소외된 주체의 자리에서 벗
어나 제 자신의 고유한 욕망과 향유를 되찾으려는 분리의
몸부림이 격렬한 뉘앙스로 응집되어 있다. 「위도우」에 나타
난 "그리운 건 멀리 있고 멀리 있는 건 내 것이 아니다 내
것이 아닌 것은 어찌 그다지도 아름다운가 남의 손에 들린

꽃다발은 왜 이렇게 향기로운가 오늘 본 여인은 아름답다 나에게서 떨어져 치마 깃만 나풀거린다 내가 사랑했던 누구도 나를 사랑하지 않았다"라는 저 서글픈 사라짐의 이미지들을 보라. 언뜻 보아 이들은 시인이 제 실존의 역사에서 무수히 마주쳤을 연애의 실패와 그에 따른 욕망의 좌절을 그려 내고 있는 듯 보인다.

그러나 그 뒷부분에서 진한 흘림체로 불현듯 등장하는 **"나는 *지금까지* 한 번도 그런 삶을 살아오지 않았*으므로*"** 라는 체념조의 읊조림에 잠긴 자학의 뉘앙스를 더디게 감수해 보라. 그것은 시인의 실패와 좌절감이 비단 연애의 차원에서 발생하지 않는다는 것을 나타낼 뿐만 아니라, 오히려 그의 가족사에 주름져 있을 근원적 상실감과 결핍감에서 기원한다는 것을 침묵처럼 암시한다. 저 자학의 뉘앙스란 "내가 사랑했던 누구도 나를 사랑하지 않았다"라는 그야말로 존재 결여의 신음 소리에서 울려 나는 것이기 때문이다. 후반부에 아로새겨진 "바람은 당신의 거푸집 나를 깎고 녹이고 구부려 그 속에 내 몸을 채우고 싶네"(「위도우」)라는 구절 역시 모든 인간에게 운명처럼 주어질 수밖에 없을 근원적 존재 결여를 상쇄하려는 시인의 무의식적 욕망을 표상한다. 그러나 이 욕망은 시인 자신에게도 채워질 수 없는 것일 뿐더러, 우리 모두에게도 온전히 충족될 수 없을 근원적 결여를 체험케 할 것이 자명하다.

『미영이』는 어쩌면 저 결여와 욕망의 순환 회로에 사로잡힌 채 끊임없는 환유 연쇄를 거듭하면서 매번 실패를 체험할 수밖에 없었던 한 사내의 서글픈 운명과 그 실존의 역사를 정직하게 펼쳐 놓은 고백록 같은 것인지도 모른다. 특히 「위도우」 한복판에 돋을새김의 필치로 그려진 "당신의 거푸집"과 "채우고 싶네"의 필연적 연접 관계는, 최원이 타자와 제 자신이 공히 품을 수밖에 없을 존재 결여를 빠짐없이 채우려고 시도할 뿐더러, 양자의 결여가 중첩되어 있는 그 빈 공간을 메우는 것으로 작동하는 '대상 a'(objet petit a)를 부단히 모색하고 있다는 사실을 명시한다. '대상 a'란 우리 존재의 핵심에 자리 잡은 근원적 결여 그 자체이자 이 결여를 순간적으로 채울 수 있는 그 모든 대상을 뜻하기 때문이다. 아니, 여기서 중요한 것은 대상 그 자체라기보다는 결여를 덮어 가리는 기능이자 효과이기 때문이리라.

결국 이 시집의 마디마디를 구성하는 이미지들의 다발은 시인이 제 자신의 근원적 결핍감을 채우기 위한 필사적인 몸부림에서 빚어지는 '대상 a'로 이루어져 있을 뿐만 아니라, 그것이 수반하는 무수한 미장센(mise-en-scène)의 효과들과 환상 가로지르기(traversée du fantasme)의 모티프들을 과감하게 거죽 위로 끌어올린다. 바로 이 자리에서 너절하고 비루한 욕망의 환유 연쇄와 그 실존의 방랑벽을 밀착 인화의 기법으로 묘사하는 이 시집의 고유한 정서적 분위기와 미학적 특이점이 움터 오른다.

열려라 문이여 턱뼈의 굳건한 의지는 육식의 증거요 손바닥 굳은살은 농경의 결과요 푹신한 엉덩이는 다산의 상징

이니 분홍분홍 반가움의 손길로 그대 나를 맞으면 겨울의
갈증과 쏟아지는 별빛과 아라비아 사막의 밤을 등지고 융단
처럼 내 몸 펼쳐 그대 맨살의 면적을 감싸 안으리

　　　　　　　　　　　　　　　　　　　—「유물론자들」 부분

　누나는 허리가 길고 누나는 얼굴이 곱다 알던 누나는 대
체로 그러하다 날은 덥고 그러했다 내가 알던 모든 순이들
은 집이 멀고 자꾸 아프고 엄마랑 친하고 언니랑 싸우고는
내게 전화해서 어디니 바쁘니 잘 지내니 내가 사는 곳은 여
전히 모르는 채로

　　　　　　　　　　　　　　　　　　　—「경험적 순이」 부분

　지하철에서 미영이를 보았다 나와 사선의 자리에 앉아
있는 미영이는 고개를 숙이고 있었다 눈이라도 마주쳐 보자
끊임없이 미영이를 바라보는데 얼핏 고개를 들자 미영이가
아니었다 아니 다시 미영이었다가 아니길 반복했다 미영이
는 나보다 한참 어리고 예쁘다 그러므로 미영이다 미영이가
아니다 아니다 차라리 미영이가 아니어라

　　　　　　　　　　　　　　　　　　　—「미영이」 부분

　볕이 드는 거실의 테이블에 걸터앉아/우리는 이야기합
니다/뜨거운 것이 차갑게/차가운 것이 미지근하게/사랑을
마친 후의 알몸처럼/실온을 향하는 감정에 대해/풀림의 변
곡점에 대해//융의 잔과 나의 잔은/서로 온도가 달라서/나

는 텔레비전을/융은 눈부신 창밖의 풍경을 응시하고/한 모
금씩 채워 나가는 감정의 공복//대화들이 오가고 때로는/문
득 떠오른 변명처럼 서성이는 것은,/살과 살을 스치면서/감
정의 맥을 짚어 보는 것/비워지고 다시 채워지는

—「이후의 감정」 부분

　시집 곳곳에서 추려 낸 인용 구절들은 최원의 시가 그의
근원적인 존재 결여를 채우기 위한 욕망의 대상/원인으로
서의 '대상 a'에 대한 지속적인 갈망과 탐색으로 축조될 수
밖에 없다는 것을 선명한 필치로 예시한다. 「유물론자들」에
등장하는 "푹신한 엉덩이" 같은 인체의 부분 대상들이나,
「경험적 순이」에 나타난 "내가 알던 모든 순이들"이라는 환
유적 대상으로서의 인물 형상들은 한결같이 '대상 a'가 구
체적으로 발현된 양태들이라 하겠다. '부분 대상'이란 완전
히 상실되어 사라진 전체적 절대 대상, 곧 근원적 존재 결
여를 메우기 위해 시도되고 탐색되는 무수한 욕망의 대상
이자 환상을 나타내는 것이기 때문이다. 결국 시인이 제 실
존의 차원에서 매번 체험했을 "모든 순이들"에 대한 욕망과
만남이란 그의 존재 결여를 해소하기 위하여 추구되는 '대
상 a'에 대한 부단한 탐색 과정을 뜻한다. 동시에 상실된 근
원으로서의 절대 대상을 대체하는 환상의 대상들이자 욕망
의 환유 연쇄 자체를 가리킨다.
　이 시집의 표제작이기도 한 「미영이」는 시인의 가슴팍 깊
은 곳에 잠겨 있을 환상, 즉 욕망의 대상/원인으로서의 "미

영이"가 '대상 a'로 기능할 수밖에 없는 그 필연성의 맥락을 훨씬 도드라진 형세로 그려 낸다. 특히 "아니 다시 미영이 었다가 아니길 반복했다"라는 구절을 천천히 음미해 보라. 이 구절은 「미영이」라는 시편을 이끌어 가는 긍정과 부정을 나타내는 어사들의 집요한 "반복"이 시인의 근원적 존재 결여를 덮어 가리는 완충재로써의 '대상 a', 즉 "미영이"로 일 컬어지는 욕망의 원인/대상에 대한 갈망과 탐닉에서 온다 는 사실을 명징하게 예시한다. 이는 또한 이 시집 전체를 관통하는 욕망의 환유 연쇄와 환상 가로지르기라는 모티프 의 중핵을 휘감고 있는 단자론적 이미지로 기능한다.

　「이후의 감정」에 나타난 "감정의 공복"이라는 시어나 "비 워지고 다시 채워지는"이라는 결핍과 충족을 의미하는 용 언의 활용형으로 빚어진 이미지들 역시 이와 같다. 이들 또 한 제 자신의 존재 결여를 덮어 가리기 위한 시인의 필사적 인 시도일 수밖에 없을 저 '대상 a'로서의 "살과 살"이 스치 는 "사랑"을 노래하고 있기에. 아니, 시인은 끝끝내 채워질 수 없는 존재 결여의 근원적 상실감을 "사랑을 마친 후의 알몸"이라는 적나라한 이미지로 전경화하고 있기에.

4.

　나는 젖은 공간입니다
　금석문을 해석하듯
　잠깐의 시간에 대하여

어느 날 강둑으로 건져 올려진
물에 빠져 죽은 늙은 여자에 대하여
암각화의 이끼처럼 푸르르 기어 나오던
그녀의 눈썹 문신에 대하여
죽은 몸에서 유일하게 살아 움직이던
그 여자의 청동기를
질량도 부피도 없는
잠시의 역사를

빛이 있습니다
태양이 기울고 시간이 정지하면
누구나 하나씩 선명한 그림자를 갖게 됩니다
정면을 똑바로 보고
나는 지금 어둠 속에 박혀 있습니다

—「잿빛 왕」부분

　　이렇듯 제 자신의 너절하고 서글픈 욕망의 환유 연쇄를
투명한 공론성의 무대 위로 이끌어 올리려는 자에게 상호
주관성에 입각한 시선의 객관화와 담론의 다성성이 나타나
게 되는 것은 지극히 자연스런 행로일 것이다. 그는 적어도
제 욕망을 기묘하게 감추거나 뒤바꿔 놓으려는 자기기만
의 수행자가 아니라, 그것을 투명하게 공개하고 선언함으
로써 제 존재 가치를 되찾으려는 자기 고발의 윤리적 주체

에 가깝기 때문이다. 그에게 엄습하듯 도래하는 쾌락이란 결국 자기 학대와 자기 멸시라는 고통을 겪어 낸 이후에야 가능해지는 어떤 자긍심 같은 것이기 때문이리라. 더 나아가, 그는 자신이 처한 상황이나 조건을 자기애의 시선과 맥락에서 보는 것이 아니라, 제 스스로를 폄하하고 훼손시키는 자학의 몸부림이 차후 제 윤리적 자부심을 수확하게 하는 가치 전복의 씨앗으로 기능할 수 있다는 것을 예감하는 들뢰즈의 마조히스트일 수밖에 없기에.

저 마조히스트에게 시간의 경과가 불러일으키는 가치론적 전복의 사태들은 매우 소중한 것으로 간취될 수밖에 없었을 것이다. '처벌이나 괴로움에서 마조히스트가 얻을 수 있는 것은 기껏해야 예비적 쾌감일 뿐이다. 그의 진짜 쾌감은 그 이후 처벌에 의해 가능해진 어떤 것에 있다'(질 들뢰즈 저, 이강훈 역, 『매저키즘』, 인간사랑, 1996)는 말처럼, 그에게 중요한 것은 고통 그 자체가 아니라, 고통 이후에야 비로소 가능해지는 사후적 효과로써의 가치 전복, 좀 더 적확하게 말해 시간의 경과를 통해서만 실현될 수 있는 윤리학적 가치 전도일 수밖에 없기에.

그렇다. 마조히스트로서의 최원은 제 삶에서 체험하는 무수한 현상들을 결코 액면가 그대로 받아들이지 않는다. 오히려 마치 "금석문을 해석하듯" 오랜 시간의 흐름을 거슬러 오르는 통시적 조망법과 고고학적 시선에서 그 전체의 과정을 거머쥐려 한다. 이는 "어느 날 강둑으로 건져 올려진/물에 빠져 죽은 늙은 여자"를 "잠깐의 시간"으로 표상되는 현재적 찰나의 좁은 테두리에서 바라보는 것이 아니라, "암각화의 이끼처럼 푸르르 기어 나오던/그녀의 눈썹 문신에 대하여/죽은 몸에서 유일하게 살아 움직이던/그 여자의 청동기를/질량도 부피도 없는/잠시의 역사를"이라고 표현된 역사성의 비의가 도래하는 바로 그 순간의 차원에서 응시하는 대목에서 가장 명징하게 드러난다.

이 시편의 표제어 "잿빛 왕" 역시 같은 맥락을 이룬다. 그것은 시간과 역사라는 것을 세상에 존재하는 모든 가치와 이념들을 한갓 사그라져 갈 것에 지나지 않는, 그저 그런 무의미의 덩어리에 불과하다고 낙인찍는 주인공, 즉 "왕"이라고 호명하고 있기에. 이렇듯 이 시집 마디마디의 모서리에 깃든 최원의 고고학적 원근법은 단지 자기 인식의 객관성과 투명성을 보증하기 위한 개념적 장치, 즉 인식론적 프리즘에 머물지 않는다. 오히려 "나는 지금 어둠 속에 박혀 있습니다"로 표현된 제 실존의 역사에 주름진 존재결여의 "어둠"과 더불어, 이를 해소하는 과정에서 저 무수한 "미영이"들로 부유할 수밖에 없었던 제 욕망의 환유 연쇄 자체를 윤리학적 차원에서 긍정하려는 실존적 기투를 휘감는다. 어쩌면 시인은 "미영이"로 표상되는 욕망의 환유 연쇄가 결국 제 스스로를 참된 향유 주체로 거듭나게 하려는 존재론적 몸부림이자 하이데거의 탈존(Eksistenz)의 시도였다는 것을 확인받고자 하는 것인지도 모른다. 이 시집에서 언뜻언뜻 눈에 띄는 화법 실험을 통한 다성적 담론의 시도라든가, 시간과 역사에 대한 허무주의적 태도로 윤색된 이미지들 역시 참된 향유 주체로 다시 태어나기 위한 실존의 몸부림에서 기원하는 듯 보인다.

가령 "흑인이 백인을 증오하고 백인이 흑인을 살해하고 사막 신(神)의 사제들은 전쟁을 독려하고 여섯 살 아이는 총소리에 엎드리고 한쪽에선 화산이 섬이 되고 한쪽에선 모래로 섬을 짓고 아이돌 연예인은 나이 들며 못생겨지고 잊었던 애인은 비가 와서 생각나고 칠순의 지도자는 닭똥 같은 결단을 싸지르고 판단 없는 노인들은 습관처럼 투표하고 있는 놈은 더 생기고 없는 놈은 계속 없어서 이것은 길들여진 암소에 쟁기를 달아 밭을 가는 것이 아니다 할 수 없는 일은 할 수 없는 거다"(「불경한 색」), "삼십 년 세월이면 나쁘다 하겠는가 거기에 십 수년 세월을 더하니 새로 만나는 사람의 절반 가량 고개를 숙이고 두 손으로 악수를 받으니 민망하기가 아니함만 못하다는 말에 전부 고개를 끄덕이며 동의했다"(「망해가사」) 같은 이미지들을 보라. 이들은 각각의 주체들이 숭고의 대상으로 삼는 무수한 신념과 이데올로기들이 얼마나 천양지차로 다를 수 있으며, 그 시차적 관점에 따른 무수한 차이들이 얼마나 무서운 억압과 폭력으로 작동할 수 있는지를 생생하게 보여 준다.

마찬가지로 "얼마 후 아버지는 술에 취해 급사했는데 남겨진 가족들은 영정 앞에 엎드려 가슴을 치고 통곡하며 슬퍼했을 거라는 편견은 버려! 태울 것 태우고 버릴 것 버리고 마을을 떠났지만 지구는 둥글고 인연은 질겨서 고향에 찾아갈 일은 많지"(「국가네 공갈빵」), "설날 오후 가족들이 옹

기종기 모여 앉아 텔레비전을 보고 있었다 한쪽에 누워 있던 늙은 어미가 물었다 그 나이가 되도록 결혼도 못 하고 자꾸 나이만 먹어서 도대체 어떻게 살아가려는 것이냐 나는 대답했다 사실 진지하게 생각하는 사람이 있기는 해요 일순간 식구들은 눈을 크게 뜨고 나에게 주목했다 결혼한 조카는 재빨리 텔레비전 볼륨을 줄였다 나는 말했다 그 사람이 어릴 적에 부모님 비명횡사하시고 남동생은 마약을 좀 하고 여동생은 사기를 좀 치고 다니기는 하지만…… 어쩌자고 그런 집안사람을 혀를 차며 고개를 설레설레 흔드는 집안의 어른들 나는 대답했다 어릴 적에 소녀 가장이 돼서 불쌍하기도 하고 진실한 사람 다들 좋아하시니까 침묵이 흘렀고 조카는 텔레비전 볼륨을 높였다"(「응가응보 가족회의」) 같은 이미지들을 곰곰이 되새겨 보라.

저 이미지들에 깃든 다양한 인칭과 시점을 활용한 화법 실험과 그 어감의 아이러니 뒷면에서 은은하게 스며나는 다성적 담론의 뉘앙스는 시인 최원이 제 시선과 목소리에 도취된 자기중심적 일인칭의 나르시시스트가 아니라, 오히려 인식론적 "상호주의자"(「이웃의 중력」)를 꿈꾸고 있다는 것을 넌지시 일러 준다. 그는 일인칭 주인공 시점과 전지적 작가 시점을 여러 시편들에서 다양한 층위로 뒤얽히게 배치함으로써, "당신이 믿고 있는 그/다단의 가림막과 내가 믿는/나의 보호막 사이에서/어떤 시차가 발생한다"(「이웃의 중력」)는 것을 정직하게 응시하려는 "상호주의자"라고 선언하고 있기 때문이다. 달리 말해, 일인칭 주체로 한정된 경험적 개연성의 시점과 더불어, 마치 신의 시선처럼 무한한 시공간을 자유롭게 넘나들 수 있는 전지적 작가 시점을 기묘하게 중첩시키는 자리에서 시차적 관점의 차이와 다성성의 변주를 은은하게 울려 내고 있기에.

이렇듯 최원은 자신이 견지하는 상이한 시선들의 중첩과 다양한 서술 시점의 교직 양상을 「이웃의 중력」에서 "어떤 시차가 발생한다"와 "상호주의자"라는 문양으로 갈피 지었던 셈이다. 또한 제 스스로를 참된 향유 주체로 재탄생시키려는 노력과 분투가 상징적 질서로 호명되는 대타자의 언어와 규범 체계에서 벗어나는 분리의 과정을 포함할 뿐더러, 욕망의 원인/대상으로서의 '대상 a'를 반복하여 재정립하려는 자신의 부단한 시도와 동일하다는 것을 문득 깨달았던 것으로 짐작된다. 이 재정립을 지속적으로 반복할 수밖에 없는 시인의 존재론적 허기와 갈망은 라깡이 환상 가로지르기라고 불렀던 향유 주체의 필수 불가결한 통과의례로 기능하고 있는 것이 틀림없기에.

그러나 시인이 제 존재 결여를 "미영이"로 표상되는 무수한 여성 이미지들의 환유 연쇄로 해소하려 할 때, 그는 "창틀 안에 갇혀서 액자가 되어 가는/하루 안의 하루"(「우리는 매우 그러하지 아니하였음에」)로 소묘된, 그 너절하고 비루하고 권태로운 쳇바퀴 인생을 결코 벗어날 수 없을 것이다. 아니, 근원적 존재 결여와 욕망의 환유 연쇄 사이를 무한 왕복하는 저 완강한 순환 회로를 끊어내기 위해서는 이른바 주이상스(jouissance)라고 일컬어지는 참된 향유 주체로의 존재론적 비약이 필수 불가결할 것이다.

5.

모든 몸부림이 격렬한 것은 아니다 모든 사랑이 간절한
것은 아니다 모든 불꽃이 뜨거운 것은 아니다 먹는다고 배
부른 것은 아니다 배고픔이 서러운 것도 아니다 슬프다고
우는 것은 아니다 추운 것이 추운 것도 아니다 모든 운명이
기구한 것은 아니다 그렇다고 아닌 것도 아니다
—「숨」 부분

푸르게 피우고 열없이 맺은/내 빈곤한 씨앗들이여/오늘
나는 말라 가며 꽃대 꺾이는 식물처럼/한 줌 짧은 생이 허
물어지네/내 발치에서 솟아날 것들이여/싹틔울 숨들이여//
여름밤의 유성우는/순해지고 고요해지고
—「파꽃」 부분

「숨」의 앞면에 곤추세워진 무수한 "아니다"들을 보라. 이
들은 표면적으로 자신이 품었던 "모든 불꽃"과 "몸부림"이
헛되고 헛된 환영처럼 사그라질 수밖에 없다는 것을 겪어
낸 자의 체념과 허무 의식을 표상한다. 그러나 이들의 집요
한 반복은 이 시편의 벡터 전체를 주술적 리듬감으로 틔워
올리면서, 최원의 마음결 뒷자락에 숨겨진 좀 더 고양된 삶
을 향한 초월의 욕망을 소리 없는 뉘앙스로 비춘다. 그렇

다. 시인이 쓸쓸한 어조로 나지막이 읊어 대는 것처럼, "모든 몸부림"과 "모든 사랑"과 "모든 불꽃"이 "격렬"하거나 "간절"하거나 "뜨거"울 리는 없다. 그러나 빼어난 시편들이 여지없이 품게 되는 기묘한 역설처럼, 저 무수한 "아니다"들은 갖은 시도와 노력에도 불구하고 존재 결여를 해소할 수 없었던 자의 잉여의 욕망을 보이지 않는 그림자로 드리운다. 그리하여, "그렇다고 아닌 것도 아니다"라는 끄트머리의 문장은 "모든" 욕망의 대상/원인이 결여 그 자체에 지나지 않을 뿐더러, 이후로도 지속될 수밖에 없을 욕망의 환유 연쇄을 온몸으로 체감해 버린 자의 서글픈 지혜를 내포한다. 이 지혜의 테두리 안쪽에 참된 향유 주체로 재탄생하는 존재론적 비약을 통해서만, 제 삶 전체의 구원을 예감하는 초월성의 직관이 주름져 있을 것은 두말할 나위 없다.

「파꽃」에 아로새겨진 "푸르게 피우고 열없이 맺은/내 빈곤한 씨앗들이여"와 "오늘 나는 말라 가며 꽃대 꺾이는 식물처럼/한 줌 짧은 생이 허물어지네" 같은 실패와 퇴락과 붕괴의 이미지들을 보라. 이들은 최원의 욕망의 드라마가 도달한 지금-여기, "오늘"의 상황을 표상한다. 그럼에도 불구하고, 맨 뒷자락에서 움터 나는 "내 발치에서 솟아날 것들이여/싹틔울 숨들이여//여름밤의 유성우는/순해지고 고요해지고"라는 부드러운 생성의 이미지를 보라. 이는 그 무언지 알 수 없을 뿐더러 도달 불가능한 것임에도 불구하고, 제 존재의 목소리에서 울려 나오는 주이상스 자체를 시인이 욕망하게 되었다는 것을 암시한다.

그렇다. 최원은 그 어떤 대상을 통해서도 채워지지 않을 존재의 순수 욕망이자 욕망의 욕망, 즉 주이상스를 통해서만 "미영이"로 표상되는 무수한 대상들에 대한 집착과 소외된 욕망의 연쇄 구조에서 벗어날 수 있다는 것을 불현듯 깨닫게 된 것이 틀림없다. 주이상스야말로 특정 대상으로 고착되는 소외된 욕망의 구조를 벗어나, 결코 도달할 수 없는 존재의 불가능성을 욕망하고 향유하려는 움직임 자체를 일컫는 것이기 때문이리라. 어쩌면 시인이 진정으로 원하는 것은 욕망의 대상이 아니라, 자신이 욕망하고 있다는 사실 자체를 욕망하는 것, 즉 주이상스를 통해 제 존재의 목소리와 마주치려는 데 있는지도 모른다.

지금까지 우리가 말해 온 참된 향유 주체로의 몸부림이란 특정 대상들을 향한 시인의 소외된 욕망이 진화하여 도달하게 되었던 주이상스의 드라마, 즉 제 존재의 진실과의 마주침을 가리킨다. 비평가의 이름으로 말하건대, 나는 최원의 시와 삶 모두가 참된 향유 주체로 나아가는 존재 회복의 몸부림을 지속적으로 거듭할 수 있기를 바란다. 그리하여, 그가 끝끝내 해소할 수 없을 존재 결여라는 선험적 '근원상실성(Obdachlosigkeit)'에도 불구하고, 예술가의 고투와 긍지의 나날들을 기꺼이 사랑하고 더불어 살아 낼 수 있는 참된 주이상스 무대의 주인공이 되기를 고대한다. 그것이 비록 "한없이 유치해져 볼까"라는 자기모멸과 "끝내 손잡아 보지 못할 미완의 연애"를 체험케 하는 무수한 실패와 절망만을 안겨 준다 하더라도. 아니, 그것이 한낱 "쓰고 지우고 다시 고치는" 자의 "습작의 습관"에 지나지 않을 고심 참담한 결과만을 낳는다 할지라도.

　한없이 유치해져 볼까 살짝살짝 손등을 스치며 기회를 엿보는 연인처럼 누군가 먼저 손을 잡는다면 다음부턴 누구 랄 것도 없이 와락 끌어안을 테지만 그래도 한 번은 유치해 져 볼까 비운에 얼룩진 가수가 음반을 내기 위해 단 한 곡의 희망가요를 작곡하듯 그렇게 유행가는 탄생하고 부와 명성 을 껴안은 가수는 스스로 머리에 총을 겨누겠지만 쓰고 지 우고 다시 고치는 습작의 습관을 버리고 오늘은 유치해져 볼까 사랑과 그리움을 남발하고 느낌표 감탄사까지 마구 늘 어놓고서 지면의 끝자락에 쓴다 이미 나는 강을 건넜네 돌 아보면 내가 건너온 저 강은 얼마나 깊고 짙푸른 물살로 흐 르고 있나 한 발 한 발 내딛던 내 발목을 물어뜯던 귀소의 혈어들이여 옷가지를 쥐어뜯던 가시덩굴이여 끝내 영봉에 올랐을 때 등골이 서늘해진 것은 찬바람이 아니라 가까워진 하늘 때문이었지 나의 생활에서 멀어진 까닭이었지 유치하 게도 나는 여전히 죽어서 간다는 하늘나라를 믿으므로 오늘 은 조금 더 쓸데없이 유치해져 볼까 끝내 손잡아 보지 못할 미완의 연애일지라도 가수는 방아쇠를 당기지 않았을지라도
　　　　　　　　　　　　　　　　—「건전가요 1980」 전문